娘じゃなくて私《ママ》が好きなの!?

2

望 公太 nozomi kota

イラスト／ぎうにう giuniu

MAMA SUKI!?

contents

デザイン●伸童舎

娘じゃなくて私《ママ》が好きなの!?

Musume janakute Mama ga sukinano!?

望 公太
nozomi kota
イラスト/ぎうにう
giuniu

プロローグ

♠

デートの誘《さそ》い方なんて、何度練習したかわからない。

何十回、何百回……もしかしたら、千回に達しているかもしれない。

歌枕綾子《かつらぎあやこ》さん。

隣《となり》に住んでいる幼なじみ——の、お母さん。

不慮《ふりょ》の事故で両親を失った少女を引き取り、娘《むすめ》として育てている女性。

俺《おれ》はそんな彼女《かのじょ》に、十歳《さい》の頃《ころ》から片思いをしていた。

十歳《さい》の頃《ころ》から十年間、ずっと——

想《おも》いを伝えられずに燻《くすぶ》っている間に、いろいろとアプローチの方法は考えていた。

デートの誘《さそ》い方も、その一つだ。

思いを寄せている相手を、どうやってデートに誘《さそ》おうかと、この十年間、ずっと練習してきた。

あるいはそれは練習というより、妄想《もうそう》に近かったのだろう。

様々な口実、様々なシチュエーションで妄想《もうそう》してみたけれど——結局、実行に移したことなんて一度としてなかった。

お誘《さそ》いの文章を考えて打《う》ち込《こ》んだりしても、送信ボタンを押《お》せた例《ためし》はない。
「……はあ」
早朝の、駅へと向かう道。
信号を待っている間、俺《おれ》はスマホ片手に深い息を吐《は》いた。
開かれているのはスマホの画面。
相手は——綾子《あやこ》さん。
すでに送ったメッセージは、
『おはようございます。
綾子《あやこ》さん、元気そうでよかったです。
ホッとしました』
という、どこか定型文めいた挨拶《あいさつ》。
ここ最近、彼女《かのじょ》との間にはいろいろあった。
簡単に言えば……まあ、俺《おれ》が告白してしまったのだ。
好きだ、と。
お付き合いしたい、と。

十年間ずっと秘めていた想《おも》いを、打ち明けてしまった。

その結果は……なんというかもう、大騒動《おおそうどう》の大狂乱《きょうらん》。

表だってなにかが大きく変わったわけではないが——でもきっと、彼女《かのじょ》の内心は大騒《おおさわ》ぎだったと思う。

十歳《さい》の頃《ころ》から知っている少年が——息子《むすこ》のようだとしか思っていなかった男が、好意を伝えてきたのだから。

俺《おれ》の告白を受けた綾子《あやこ》さんはわかりやすいぐらいに狼狽《うろた》えていた。見ているこっちが心配になるレベルで混乱して困惑《こんわく》していた。

俺《おれ》が想《おも》いを寄せていることなど、微塵《みじん》も気づいていなかったらしい。

隠《かく》していた想《おも》いは、まるで伝わっていなかった。

嬉《うれ》しいような虚《むな》しいような、大変複雑な気分だ。

でも。

もう、十年抱《いだ》いていた想《おも》いは伝えた。

伝わってしまったなら——俺達《おれたち》は二度と元の関係には戻《もど》れない。

ただの仲のいいご近所さんではいられなくなってしまう。

友人の梨郷聡也《りんごうさとや》曰《いわ》く『告白は人間関係を壊《こわ》す爆弾《ばくだん》。上手《うま》くいけばいいが、失敗したら巻き込《こ》み事故』とのことだったが、まさしくその通りのことが起こった。

告白以降で、俺《おれ》と彼女《かのじょ》の関係は——一変した。

まるで、爆弾《ばくだん》を落としたみたいに。

俺《おれ》の身勝手な好意に、彼女《かのじょ》を思い切り巻《ま》き込《こ》んでしまった。

俺達《おれたち》二人の間には気まずいような気恥《きは》ずかしいような独特の緊張《きんちょう》感が生まれ、段々と周囲も巻《ま》き込《こ》んでいき……そして一度きっぱりとフラれる形になったりもしたけれど——でも。

いろいろとあって、『保留』という答えをいただいた。

まだ心が整理できていないから少し時間が欲《ほ》しい、と。

悪く言えば、結論を先送りにして引き延ばすような回答となるのかもしれない。

でも俺《おれ》は——嬉《うれ》しかった。

どうしようもなく嬉《うれ》しかったのだ。

まだ彼女《かのじょ》を、好きでいていいということが——

そして。

二十歳《はたち》になった五月、映画館にて『しばらくは現状維持《いじ》』みたいな回答をもらった。

その翌日。朝、いつも通りに綾子《あやこ》さんの家に行き、彼女《かのじょ》と別れた後に前述の挨拶《あいさつ》めいた文章を送った。

一時の関係破綻《はたん》を解消できて、とりあえず普段《ふだん》に近い関係に戻《もど》れたことに対して、安堵《あんど》と感謝を伝えたかった。

しかし。

続く文章を送るか送らないかで、俺《おれ》の指は止まっていた。

「……ん〜」

『綾子《あやこ》さんは今週末、なにか予定はありますか？

もしなにもないなら、

二人でどこか出かけませんか？』

文章自体は、昨晩のうちに考えていたものだった。

保存していた文章を貼《は》り付《つ》け、あとは送るだけとなったところで——最後の送信ボタンを押《お》せずにいた。

ど、どうしよう……？

やっぱり迷惑《めいわく》かな、こういうのは？

どさくさに紛《まぎ》れて踏《ふ》み込《こ》みすぎかな？

だって……昨日の今日だぞ？　『先走りすぎたから、これからはもう少しゆっくり行きましょう』って宣言したばかりなのに……急にこんな誘《さそ》いをしてしまうのは、ルール違反《いはん》気味なのかも——いや！

逆に、だからこそ……今が攻め時《せ》なんじゃないのか⁉

俺《おれ》は『ゆっくり行きましょう』宣言と同時に『好きになってもらえるようにこれから頑張《がんば》ります』宣言もしたわけだから、むしろここで畳《たた》みかけるようにアプローチを仕掛《しか》けた方がよいのではないだろうか？　いやでも、だけど……やっぱり――

「――タク兄《にい》、ママに連絡してんの？」

「うおっ」

信号を過ぎた後も、送信ボタンを押《お》すべきか押《お》さぬべきか、ちらちらスマホを見ながら一人考え込《かんがこ》んでいるところで、脇《わき》から声をかけられた。

慌《あわ》ててスマホを隠《かく》す。

歌枕美羽《かつらぎみう》。

俺《おれ》が惚《ほ》れている女性――の一人娘《ひとりむすめ》。

直接血が繋《つな》がっているわけではないけれど、綾子《あやこ》さんにとっての最愛の一人娘《ひとりむすめ》だ。

俺《おれ》との関係は……一応、幼なじみ、となるのだろうか。

美羽《みう》が高校に入学してからは、駅までの道が同じであるため、毎日一緒《いっしょ》に駅まで歩いている。

「な、なんだよ、美羽《みう》。人のスマホ覗《のぞ》くなって」

「二人で歩いてるのに何回もスマホ見てる方が悪いでしょ。てかさ、『二人でどこか』とか見えたんだけど……もしかしてママをデートに誘《さそ》ってるの⁉」

どうやら割とがっつり見られていたらしい。

美羽《みう》は喜色満面といった様子で、俺《おれ》へと迫《せま》ってきた。

「へえー、やるじゃん。グイグイ攻《せ》めちゃうんだね。積極的ぃ〜っ」

「……からかうなよ。つーかまだ、送ってねえし」

「え。なんで？　なんで送らないの？」

「なんでって……そりゃ、いろいろ考えてるからだよ」

「えー、なにそれ？　超《ちょう》ヘタレじゃん」

「……ヘタレとか言うな。大人の恋愛《れんあい》にはな、いろいろ駆《か》け引《ひ》きってのがあるんだよ」

「実家暮らしの大学生に大人の恋愛《れんあい》とか言われましても」

「ぐっ……」

「ていうか、そもそもタク兄《にい》って恋愛《れんあい》経験ゼロじゃん。彼女《かのじょ》いたことない歴＝年齢《ねんれい》の二十歳《はたち》じゃん」

「う、うぐぅ……」

女子高生にボロクソに論破されてしまう大学生だった。

「まあまあ、そう落《お》ち込《こ》まなくても。恋愛《れんあい》経験ゼロなのは、ママにずっと惚《ほ》れてたのが原因なわけだし……それにうちのママだって、お世辞にも大人の恋愛《れんあい》がわかってるとは言えないだろうしねえ」

落《お》ち込《こ》む俺《おれ》にフォローかどうかわからないことを言った後、

「とにかく——デートに誘《さそ》うなら、さっさと誘《さそ》った方がいいよ」

と、美羽《みう》は断言した。

「ママが面倒臭《めんどうくさ》いこと言い出したせいで、結局二人は今、グダグダで中途半端《ちゅうとはんぱ》な状態なんだからさあ。タク兄《にい》からガンガン攻《せ》めるしかないじゃん」

「そ、そりゃそうなんだけど……でも、いろいろ、向こうの都合とかもあるだろ。こういうお誘《さそ》いって断るのもストレスだろうし。あと綾子《あやこ》さんは優《やさ》しいから、内心では嫌《いや》だと思ってても俺《おれ》のために無理して付き合ってくれそうな気もして……も、もちろん、積極的にアプローチしてかなきゃいけないのはわかってるから、だからこそタイミングはしっかり考えて——」

「……あー、もう焦《じ》れったい！」

鬱陶《うっとう》しそうに叫《さけ》んだ後、身を乗り出して俺《おれ》のスマホを奪《うば》い取《と》ろうとしてくる。

「もう貸して！　タク兄《にい》が送れないなら、私が送ってあげるから！」

「なっ……！　バ、バカ、やめろって！」

「ウジウジ悩《なや》むだけ時間の無駄《むだ》！　猛《もう》プッシュあるのみ！　うちのママはめちゃめちゃチョロいんだから、駆《か》け引《ひ》きとかいらないの！」

「お前……自分の母親をチョロいとか言うなよ」

「タク兄《にい》はとっととお泊《と》まりデートでもして、押《お》し倒《たお》してくれればいいんだよ！　それで全部丸く収まるから！」

「収まってたまるか！　あと公共の場で女子高生がそういうこと言うな！」

数秒、スマホの争奪戦《そうだつ》が繰《く》り広《ひろ》げられるが、

「……ん？」

美羽《みう》が目を細め、疑問の声を上げた。

「タク兄《にい》、それ──もう送信されてない？」

「え？　……ええ⁉」

画面を確認《かくにん》し、そして愕然《がくぜん》とした。

送信ボタンを押《お》す一歩手前でキープしていたはずの画面──それがなぜか、送信済みになっていた。

「う、嘘《うそ》だろ……？　なにが起こった……？」

「さっきスマホ隠《かく》したときに間違《まちが》って押《お》しちゃったんじゃない？」

「マ、マジかよ……」

「いやー、でも結果オーライだね。よかったじゃん」

「よくねえだろ……。ど、どうすればいいんだよ、これ……」

送ってしまったメッセージには──すでに既読《きどく》がついていた。

既読《きどく》がついてしまったなら、今更《いまさら》もうどうしようもない。

このメッセージは、すでに綾子《あやこ》さんが読んでいる。

俺《おれ》の、デートの誘《さそ》いを――

「やべえ……やべえって」

「もう、なにそんなに慌《あわ》ててんの？」

信じられないぐらいに動揺《どうよう》し、変な汗《あせ》をかき始めてしまう俺《おれ》を、美羽《みう》が呆《あき》れた声で言う。

「どうせいつかは誘《さそ》うつもりだったんだから、それが今になっただけの話でしょ」

「……違《ちが》う、違《ちが》うんだよ。誘《さそ》うにしても心の準備ってもんがあるだろ。そもそも俺《おれ》、まだデートプランとかなにも考えてないし――」

と。

そこまで話したところで、手の中のスマホが震《ふる》えた。

スマホ画面に――綾子《あやこ》さんからの返信が届いた。

『いいよ』

たったそれだけ。

あまりに素っ気なく、あっさりとした肯定《こうてい》の三文字。

いいよ？

あれ？　いいよって、どういう意味だっけ？

確か……この国では、肯定《こうてい》の意味で使われる単語だったような――

「ほうらね、チョロいでしょ？」

驚愕《きょうがく》のあまり思考が停滞《ていたい》してしまう俺《おれ》に、美羽《みう》はドヤ顔で言った。

変な形で送ってしまったメッセージ――そのおかげで、悩《なや》みに悩《なや》んでいたのがバカらしくなるぐらい、あっさりとお誘《さそ》いが成功してしまった。

どうやら俺《おれ》は今週末、綾子《あやこ》さんとデートができるらしい。

十年想《おも》いを寄せていた相手との、初めてのデート――

第一章
準備と本番

◆

「初デートかあ。これは気合いが入っちゃうねー、巧《たくみ》」

今朝の一件を伝えてみると、向かいに座《すわ》る聡也《さとや》はかわいらしい顔に薄《うす》い笑《え》みを浮《う》かべて言った。

昼時。大学の学食——

梨郷聡也《りんごうさとや》。

性別——男。

今日のファッションは、オシャレではあるが普通《ふつう》に男の格好。女装して歩くのは学外だけで、大学内では男とわかる服装で通すようにしている。女装してくると、講義の出席確認《かくにん》などで替《か》え玉《だま》を疑われて面倒《めんどう》らしい。

まあ『女装』って表現すると、本人は嫌《いや》がるのだけど。

曰《いわ》く『女装じゃなくて、僕《ぼく》に似合うかわいい格好をしてるだけ』とのこと。

男モノだの女モノだのという固定観念に囚《とら》われず、自分が好きな服を好きに着こなして、好きなようにメイクやネイルを楽しむ。そんなユニセックスなファッションスタイルが信条らしい。

女っぽい格好をするとスレンダー美少女にしか見えない聡也《さとや》だが、しかし別に男が好きというわけではない。

恋愛《れんあい》対象となるのは女性で、今も普通《ふつう》に彼女《かのじょ》がいたりする。

「このデート次第《しだい》で、憧《あこが》れの綾子《あやこ》さんを射止められるかどうかが大きく変わってきそうだね。もしかしたら、巧《たくみ》の人生の重大な岐路《きろ》になるかもしれない」

「……煽《あお》るなよ。他人事《ひとごと》だと思いやがって」

「他人事《ひとごと》だからね。他人の色恋沙汰《いろこいざた》ほど面白《おもしろ》いものはないよ。必要以上に入《い》れ込《こ》まなきゃ、最高に楽しい見世物さ」

軽く言ってくる聡也《さとや》に、俺《おれ》は深く息を吐《は》いた。

俺《おれ》の綾子《あやこ》さんに対する想《おも》いを知ってからというもの、こいつのスタンスは一貫《いっかん》してこんな感じだ。

面白半分《おもしろはんぶん》、遊び半分。

俺《おれ》の恋路《こいじ》を、まるで見世物のように楽しんでいる。

軽薄《けいはく》で飄々《ひょうひょう》とした態度だが……まあ、不満はない。逆に必要以上に思い入れを持たれて、真剣《しんけん》に応援《おうえん》されても困る。

俺《おれ》の恋路《こいじ》は、あくまで俺《おれ》の恋路《こいじ》なのだから。

それにふざけているように見えて、アドバイスを求めれば真面目に答えてくれるし、先日、俺《おれ》が振《ふ》られて落《お》ち込《こ》んでいたときは映画に誘《さそ》って励《はげ》まそうともしてくれた。優《やさ》しく頼《たよ》りになる友人であることは間《ま》違《ちが》いない。

「……わかってるよ。気合い入れなきゃならないことぐらい」

自分に言い聞かせるように、俺《おれ》は言う。

「降って湧《わ》いたようなチャンスなんだから、これを活《い》かさない手はない。だからこうして、お前にも相談してるんじゃねえか」

「相談って言ってもねえ。正直……自信ないよ？」

聡也《さとや》はお手上げのポーズを取る。

「見ての通り僕《ぼく》は端整《たんせい》な顔のイケメンで、当然ながら今までモテまくってきたけれど——でも、同年代としか付き合ったことないからね。三十歳《さいこ》超えた女性とのデートなんて、経験もなければ考えたこともない」

「……そっか」

「大学生っぽいデートならいくらでも思いつくけど、大人の女性を喜ばせるってなるとねえ……。大人同士のデートと考えるなら……この辺の場合、車持ってない時点でいろいろ論外だし」

「………そうなんだよな」

がっくりと項垂《うなだ》れる。

東北の地方都市。

一家に一台ではなく、一人一台が普通《ふつう》の地域。

電車やタクシーでどこにでも行ける大都市とは違《ちが》い、この辺りの地域では車が基本的な移動手段となる。

社会人にでもなったら、車を所有してるのが当たり前。

なんなら——大学でも持っている奴《やつ》は持っている。

そしてモテる。

車持ってる大学生は、それだけで結構モテる。

まあ……一歩間違《まちが》うとサークルの荷物運び&タクシー係として利用される便利なだけの男で終わってしまうのだけれど。

「巧《たくみ》って免許《めんきょ》は持ってるんだっけ」

「ああ。去年の夏休みに合宿で取った。だから……当日はレンタカーでも借りてこようかと思ってる」

「レンタカーか。そこまでしなくてもいいような気もするけど……うーん、わからないなあ。僕《ぼく》もちょっと、他の女子とかに相談してみるよ」

「悪いな、助かるよ」

「いいって。巧《たくみ》には普段《ふだん》からお世話になってるからね。去年だって、巧《たくみ》がいなかったら単位をいくつ落としたかわからないし。それに」

「それに？」

「僕《ぼく》だって、巧《たくみ》には幸せになって欲《ほ》しいから」

聡也《さとや》は微笑《びしょう》を浮かべて言う。

「他人の色恋沙汰《いろこいざた》は最高に楽しい見世物──だからこそ、どうせならハッピーエンドを迎《むか》えて欲《ほ》しいからね」

「聡也《さとや》……」

まったく、嬉《うれ》しいことを言ってくれる。

頼《たよ》りになる友人を持って、俺《おれ》は幸せ者だ。

「ありがとな。俺《おれ》も精一杯頑張《せいいっぱいがんば》るよ」

「うん。あー……でもさ、巧《たくみ》。さっきと逆のこと言うようだけど──あんまり気合い入れすぎるのもよくないと思うよ」

聡也《さとや》は、本当にさっきと逆のことを言った。

「長年の想《おも》い人とのデート……舞《ま》い上《あ》がる気持ちもわかるし、絶対に決めなきゃってプレッシャーを感じてるのもわかる。でも、あまり気負いすぎてもいいことはないんじゃないかな。綾《あや》子《こ》さんだって、巧《たくみ》がそんな態度じゃ一緒《いっしょ》にいて疲《つか》れると思うし、気楽にいけばいいと思うよ」

「………」

わかってる。

必死になって余裕《よゆう》がない男ほど、みっともないものはないだろう。

聡也《さとや》の言うことは間違《まちが》っていない——でも。

「わかってるよ……でも、気楽にいけってのは無理な相談だ」

「…………」

「やっと……なんだよ。ずっと願い続けてきたんだ、綾子《あやこ》さんとデートできるような関係を……あの人に——一人の男として意識してもらえることを」

この十年間、ずっと。

何度も何度も妄想《もうそう》して、ずっとずっと望み続けてきたんだ。

綾子《あやこ》さんと一緒《いっしょ》に、デートに出かけられるような関係を。

息子《むすこ》や弟のようにかわいがってもらえる関係は確かに幸福なものではあったけれど——しかし同時に、虚《むな》しさを感じずにはいられなかった。

照《て》れも衒《てら》いもなく頭を撫《な》でられて微笑《ほほえ》みかけられるたび、切なくて切なくてたまらなかった。

まだまだ付き合えると決まったわけじゃない。でも、息子《むすこ》みたいな存在としか思われていなかった頃《ころ》からは、少しは前に進んだと思う。

舞《ま》い上《あ》がらずにはいられない。

気負わずにはいられない。

「今度のデート……絶対、成功させてみせるさ」

宣誓《せんせい》するように、俺《おれ》は言った。

綾子《あやこ》さんとの初デート。

失敗は許されない。

ここで決めねば——男が廃《すた》る。

♥

「たっだいま〜」

夕方の時間。学校から帰ってきた美羽《みう》は、キッチンで夕飯の支度《したく》をしている私の下へとやってくる。

案の定、というべきか。

やたら弾《はず》んだ足取りで。

すっごくニヤニヤした顔で。

「聞いたよ、ママ。今週末、タク兄《にい》とデートするんだってね」

「……っ」

うう〜……や、やっぱり知ってるのね。

今朝返信するとき「このタイミングだと、まだタッくんと美羽《みう》が一緒《いっしょ》にいるかも」とは思った。

でも、できるだけ早く返事をしたかった。

うっかり既読《きどく》にしちゃったからあまり返事が遅《おそ》くなるのも悪かったし——それに。

時間をかければかけるほど、返事が難しくなりそうだったから。

考えすぎて迷いすぎてどうしたらいいかわからなくなる前に、勢いで送ってしまいたかった。

「二人でデートするなんて、もう付き合うのは秒読みみたいなもんだよね」

「な、なに言ってるのよ。それはまた……その、別問題よ」

「えー？　今更《いまさら》なに言ってるの？」

「別に……デ、デートなんて恋人同士《こいびとどうし》じゃなくてもするからねっ。せっかく誘《さそ》ってもらえたなら、断るのも悪いし……それに今週末は、ちょうどスケジュールが空いてたから！　そう、暇《ひま》だったのよ！　一番の理由は暇《ひま》だったからね！」

「はあ……また面倒臭《めんどうくさ》いこと言い出した」

早口でまくし立てる私に、美羽《みう》は呆《あき》れたように肩《かた》を竦《すく》めた。

「ていうかママさあ……『いいよ』ってなに、『いいよ』って？　デートのお誘《さそ》いに対する返事が『いいよ』オンリーってさ」

「えっ……な、なんでそこまで知ってるの⁉」

「ちょうど私が、タク兄《にい》のスマホ見てるときに返信が来ちゃったんだよねー。だからバッチリ見ちゃった」

「そんな……」

「なんか、かわいいよねー。動揺《どうよう》してるのバレたくないからってあえて素っ気ない風を装《よそお》ってるのがバレバレ。『私はこういうの慣れてる』アピールがすごくて、逆に経験不足が滲《にじ》み出《で》てるっていうか」

「～～～～っ！」
バ、バレてる！
娘《むすめ》に思考回路の全てを看破されてる！

ああ、もう、なんなのこの状況《じょうきょう》……⁉　娘《むすめ》にこの手の話題で内心を見透《みす》かされるのって……めちゃめちゃ恥《は》ずかしいんだけど！

「み、美羽《みう》、大人をからかうのもいい加減になさい」

私は羞恥心《しゅうちしん》を押《お》し殺《ころ》し、精一杯《せいいっぱい》母親ぶった態度を作る。

「違《ちが》うから……うん、もう、全然違《ちが》うからね。見当違《けんとうちが》いもいいところよ。あの『いいよ』の三文字にはね、女子高生にはわからない深い意味があったのよ。そう、酸《す》いも甘《あま》いも嚙《か》み分《わ》けた大人の女にしかわからない、高度な駆《か》け引《ひ》きが――」

「タク兄《にい》とママがデートかあ」

……聞いてもくれない。

ねえ、聞いてよ、ママが必死に言い訳してるんだから。

完全スルーって。

酷《ひど》いわよ……美羽《みう》。ママ、もう泣いちゃいそうなんだけど。

「デートが上手《うま》くいったら、二人の関係が一気に進んじゃうかもしれないよね。あっ。別に帰ってこなくてもいいからね。お泊《と》まり大歓迎《だいかんげい》♥」

「な、なに言ってるの！　お泊《と》まりなんかしないわよ、ちゃんと帰って来ます」

「え？　……ってことは、デートの後はこの家でってこと……⁉　じゃ、じゃあ私は、誰《だれ》か友達の家泊《と》まりに行ってるね……」

「なにに気を遣《つか》ってるの⁉」

「いや……私は二人のこと応援《おうえん》してるし、二人が結ばれたらいずれこの家でそういうことが始まると覚悟《かくご》はしてたつもりだけど……いきなりはちょっと」

「だからなんの気遣《きづか》いなのよ！　お泊《と》まりはしないし、この家にも二人では帰ってこない！　私達《わたしたち》は……もっと、こう……け、健全なデートをするのよ」

「健全って……具体的には？」

「だから、なんていうか……一緒《いっしょ》にお昼ご飯を食べたり、おしゃべりしたりして……夕飯の前には帰ってくる、みたいな」

「なにその中学生みたいなデート⁉」

「い、いいの！　最初はそのぐらいでいいの！」

大激論となる私達《わたしたち》だった。

美羽《みう》は呆《あき》れ顔《がお》のまま続ける。

「そもそも……デートプラン決めるのはママじゃなくて、誘《さそ》ったタク兄《にい》の方だよね。向こうからなんか言われた？」

「……まだなにも。決まったらまた連絡《れんらく》するって言われただけ」

今タッくんがプランを考えてくれてるらしく、私は連絡《れんらく》を待っている状態なんだけれど……ど、どうしよう。

ゴリゴリのお泊《と》まりデートだったらどうしよう⁉

実はもう……旅館とか予約済みだったりして！

温泉宿を予約するんだけど、向こうの手違《てちが》いで夫婦《ふうふ》と勘違《かんちが》いされて部屋は一つしか用意されてなくて、布団《ふとん》もかなり近い位置に敷《し》いてあって、最初はお互《たが》いに隅《すみ》っこで眠《ねむ》るんだけど、段々と近づいていくみたいなラブコメの王道的展開になったら——

いや。

ないない。うん、ないわ。

まったく、なにを妄想《もうそう》してるのかしら。

妄想《もうそう》にしても酷《ひど》い。

そんなこと、ありえるはずがないんだから。

だって私を誘《さそ》ってくれた相手は——他でもないタッくんなんだから。

「……タッくんのことだから、そんな変なデートを提案してくることは絶対ないと思うわ。ちゃんと、私と美羽《みう》のことを考えて——あ」

「……へぇーえ」

一人確認《かくにん》するように呟《つぶや》いた私に対し、美羽《みう》はにんまりと口角を吊《つ》り上《あ》げた。

「タク兄《にい》のこと、ずいぶん信頼《しんらい》してるみたいですね」

「ち、違《ちが》うの。そういう意味じゃなくて……」

「もうさっさと付き合っちゃえばいいのに」

「……あーあー、うるさいうるさい!!」

なにを言っても勝てる気がしなくて、私は逃《に》げるように会話を切り上げた。

「あはは。まあ、なんにしても楽しみだね。今度のデートで、ママがタク兄《にい》にどんな風に攻《こう》略《りゃく》されちゃうのか」

どこまでも楽しげに、美羽《みう》は言うのだった。

攻略《こうりゃく》。

それはなかなか言い得て妙《みょう》なのかもしれない。

今度のデート——私は、攻略《こうりゃく》されに行くようなものだ。

十歳《さい》以上年上の、私みたいなおばさんが好きだという、かなり変わり者の男の子から。

タッくん。

左沢巧《あてらざわたくみ》くん。

小さい頃《ころ》から知っている男の子で、私は全然さっぱり気づいていなかったけれど、なんと彼《かれ》は、十年前からずっと私に片思いをしていたらしい。


美羽《みう》と一緒《いっしょ》に三人で遊んだことは何度もあるし、タッくんと二人で買い物に行ったこともあるけれど——でも、こんな風にかしこまって二人で出かけるのは、当然初めてのこと。

これが私と彼《かれ》の、初めてのデート。


『ほう、噂《うわさ》の男の子と今週末にデートか。そいつは羨《うらや》ましい話だね』

電話口の狼森《おいのもり》さんは、実に愉快《ゆかい》そうに言った。

夕飯を終え、美羽《みう》が二階の自室に向かった後——

仕事の確認事項《かくにんじこう》のために狼森《おいのもり》さんと電話していたはずが……いつの間にやら話は私の恋愛《れんあい》事情へとシフトしてしまった。

なんか最近、いっつもこんな感じ……。

『この前の電話では、少しキツいことを言ってしまったからね。あれからどうなったか気になっていたんだけど……何事もなく順調に関係を深めているようでなによりだよ』

「……ええ、まあ」

本当は一悶着《ひともんちゃく》があったけれど。

大変な一騒動《そうどう》があったけれど。

結果だけ見れば、順調に関係を深めた、となるのかもしれない。

『やれやれ、本当に……切実に羨《うらや》ましいよ。私も二十歳《はたち》の大学生とデートしてみたいものだ。最近、めっきり男日照りで退屈《たいくつ》してるところなんだ』

「からかわないでくださいよ……。こっちは大変なんですから」

『ふむ？　なにが大変だと言うんだい？　楽しくデートしてくればいいじゃないか』

「それはそうなんですけど……でも、わ、私……恥《は》ずかしながら、こういうことには慣れてなくて」

『ああ……そういえば未婚《みこん》のシングルマザーだったね、歌枕《かつらぎ》くんは。美羽《みう》ちゃんを引き取って以降、誰《だれ》とも付き合うことなく、仕事と子育てに専念していたんだっけ』

「……そ、そうなんです。あの……狼森《おいのもり》さん、デートに誘《さそ》われたら……お、女ってどうすればいいんでしょうか？」

藁《わら》にも縋《すが》るような思いで、恋愛《れんあい》経験豊富な彼女《かのじょ》に問うた。

まあ、過去三回自分の浮気《うわき》が原因で離婚《りこん》している女性に訊《き》くのは間違《まちが》っているかもしれないけれど、それでも私よりは恋愛《れんあい》に詳《くわ》しいことだろう。

『あはは。なにも悩《なや》むことはないだろう』

緊張《きんちょう》と不安に押《お》し潰《つぶ》されそうな私を笑い飛ばすように、狼森《おいのもり》さんは言った。

『きみが意中の男をどうにかして射止めたいというなら念入りに作戦を練る必要があるだろうけれど——しかし今回は逆じゃないか』

「逆……」

『立場が逆。きみのことが大好きで仕方がない男の子が、どうにかして歌枕綾子《かつらぎあやこ》という女を攻《こう》略《りゃく》し、籠絡《ろうらく》するために企《たくら》んだデートさ』

「なっ……う、うう」

歯に衣着《きぬき》せぬ物言いに、無性《むしょう》に恥《は》ずかしくなってしまう。

私のことが大好きで仕方がない男が、私を射止めるために企《たくら》んだデート——わかっていたことだけれど、改めて言葉にされると照《て》れ臭《くさ》くってたまらない。

『歌枕《かつらぎ》くんが悩《なや》む必要はなにもない。頭を悩《なや》ますのは向こうの仕事で、きみはどんと構えて相手のエスコートを待てばいい』

「……………」

『恋《こい》の主導権は常にきみの手にある。考えようによっては、最高に楽しい状況《じょうきょう》じゃないか。黙《だま》っていれば向こうからガンガンアプローチしてもらえる。付き合うか否《いな》かは己《おのれ》の胸先《むなさき》三寸。若い男から向けられる青臭《あおくさ》い恋心《こいごころ》を、自分の掌《てのひら》で転がして遊んでいるようなものさ。ある意味、多くの女性が夢見るシチュエーションだと思うがね』

「……そんな風に考えられたらいいんですけどね」

傍《はた》から見れば、もしかすると羨《うらや》ましいシチュエーションに感じることなのかもしれない。

私みたいな三十過ぎのシングルマザーが、若い男に言い寄られている。

それも遊び半分の浮《うわ》ついた恋心《こいごころ》ではなく──真剣《しんけん》な、純粋《じゅんすい》すぎる初恋《はつこい》の想《おも》いを寄せられている。

結婚《けっこん》を前提とした、真剣《しんけん》な交際を申《もう》し込《こ》まれている。

『ふむ。まあ、歌枕《かつらぎ》くんは真面目だからねえ。主導権が自分にあるからこそ余計に悩《なや》んでしまっているという感じかな。初心者には扱いにくい切り札を持ってしまったせいで、使いこなせずに持て余している』

「…………」

『麻雀《マージャン》でたとえるなら、初心者がせっかくメンチンをテンパったのに待ちがわからなくて困《こん》惑《わく》している、という状況《じょうきょう》かな』

「……麻雀《マージャン》でたとえられても」

私はルールを知ってるから、言わんとすることはわかったけど。

メンチンは——『門前清一色《メンゼンチンイーソー》』という上がり役の略称《りやくしよう》。

手牌《てはい》全てを同じ色の牌《はい》で揃《そろ》えなければならない役で、とても高い点数がつく大物手。でもメンチンは——往々にして待ちが複雑。初心者だと上がり牌《はい》がわからず、混乱すること間違《まち》いなし。

二重の意味でテンパってしまう。

上級者にとってはチャンス手だけれど、初心者にとってはせっかくのチャンスも混乱の材料にしかならない。

それはまさしく——今の私なのかもしれない。

これ以上ないぐらい有利な状況《じようきよう》にいるのに……有利すぎてなにをどうしたらいいかわからなくなっている。

『デートの誘《さそ》いは、一度ぐらい断ってみるのも手だったかもしれないね。主導権をより明確にするためにも、焦《じ》らして向こうの反応を見てみるのも悪くなかっただろう』

「む、無理ですよ。私には、そういう駆《か》け引《ひ》きみたいなことはできません」

それに、と私は続ける。

「これ以上——逃《に》げたくありませんから」

タッくんに告白されてから、私は——無意識に逃《に》げるような行動ばかりを繰《く》り返《かえ》していた。

告白を聞かなかったことにしようとしたり、どうにか嫌《きら》われて相手から去って行ってもらおうとしたり。

情けないぐらいに、逃《に》げてばっかりだった。

でも。

もう、逃《に》げないと決めた。

これから私達《わたしたち》がどうなるにしても——付き合うにしても付き合わないにしても。

きちんと彼《かれ》と向き合って、彼《かれ》の好意を真正面から受け止めて、その上で決断したいと思う。

それが……私なんかを十年も好きでいてくれた彼《かれ》に対する、最低限の義務であり、礼節というものだと思う。

「……告白の答えを保留にしてもらってる今の状況《じょうきょう》が、半分ぐらい逃《に》げてるみたいなものですからね。ズルいことしてる自覚はあります。だから……これ以上彼《かれ》の気持ちを弄《もてあそ》ぶようなことはしたくない。彼《かれ》の気持ちに、逃《に》げずにちゃんと向き合いたいんです」

『……ふふっ。あははっ』

少しの沈黙《ちんもく》の後、狼森《おいのもり》さんは吹《ふ》き出《だ》すように笑った。

『いいね、だいぶ青臭《あおくさ》いことを言うようになったじゃないか。それでこそ、私が大好きな歌枕《かつらぎ》綾子《あやこ》だ』

「……褒《ほ》めてるんですか、それ？」

『もちろん。変に大人ぶって格好つけているより、よっぽどどきみらしくて素敵《すてき》だよ』

大層楽しげに言った後、

『小賢《こざか》しい駆《か》け引《ひ》きは願い下げというのであれば、今度のデートに関して、私からきみにできるアドバイスはたった一つだね』

と、狼森《おいのもり》さんは続けた。

『楽しみたまえ』

それは——驚《おどろ》くほど簡単なアドバイスだった。

『せっかくのデートなんだ。細かいことを考えず、存分に楽しむといい。二十代……いや、十代の小娘《こむすめ》に戻《もど》ったような気分で、青春を満喫《まんきつ》してくればいい』

「………………」

『きっと彼《かれ》も、それを望んでいるはずだよ』

「……そう、ですね」

頷《うなず》き、私は小さく息を吐《は》き出《だ》した。

「わかりました。あまり考えすぎずに、楽しんでこようと思います」

『それがいい。まあ——言うまでもなかったかもしれないけれどね』

狼森《おいのもり》さんはそこで、露骨《ろこつ》にからかうような口調となった。

『なんだか格式張ったことばかり言っていたようだけれど……言動の端々《はしばし》から伝わってくるよ、歌枕《かつらぎ》くんが……結構浮《う》かれていることは』

「なっ」

『なーに、恥《は》じることじゃない。デートの誘《さそ》いというものは、いくつになっても嬉《うれ》しくて舞《ま》い上《あ》がってしまうものさ』

「ちょ、ちょっと、狼森《おいのもり》さんっ」

『ははは。照れるな照れるな。では、健闘《けんとう》を祈《いの》る』

茶化すような笑いと共に、一方的に通話が切られた。

私はスマホを抱《かか》えたままテーブルに項垂《うなだ》れる。

「……う、うう〜、なによ、もう……最後の最後に、好き勝手言って」

顔は熱くなり、思考回路はグチャグチャ。

そして口からは、負け惜《お》しみみたいな言葉が出て行く。

「だって……しょうがないでしょ？　楽しみなんだもん」

改めて言葉にした瞬間《しゅんかん》……猛烈《もうれつ》な羞恥心《しゅうちしん》が襲《おそ》ってきた。

楽しみ。

そう、そうなのよ。

なんだかんだ言いつつ——私は、楽しみにしてしまっているのだと思う。

タッくんとの、初めてのデートを。

不安と緊張《きんちょう》も相当なものだが……同時に期待感もあったり。

義務だとか礼節だとか『これ以上逃《に》げたくない』だとか、いろいろ格好いいことを言いながら──結局のところ、私はデートが楽しみなのだろう。

タッくんがどんなデートを提案してくるか胸を躍《おど》らせたり、自分で勝手に様々なシチュエーションを妄想《もうそう》してみたりして胸を高鳴らせ──

「〜〜〜〜っ！」

ああ、もうやだ！

自分が嫌《いや》だ！

もう私、三十超《こ》えてるのに。

世間一般《いっぱん》で言えば立派なおばさんなのに。

それなのに──デート一つで信じられないぐらいに動揺《どうよう》し、狼狽《ろうばい》し、そして……舞《ま》い上《あ》がってしまっている。

そんな自分が、恥《は》ずかしくて恥《は》ずかしくて仕方がなかった。

その日の夜──

美羽《みう》との夕飯を終えたところで、タッくんからメッセージが届いた。

今週末のデートに関する連絡《れんらく》。

大体の目的地や、待ち合わせの時間について。

異論があるはずもなく、私は了解《りょうかい》の旨《むね》を伝える。

電話じゃなくてよかった。

もしも電話だったら、緊張《きんちょう》と期待で声が震《ふる》えてしまっただろう。

そして——それはきっと、タッくんも同じかも、と思った。彼《かれ》にとっても初めてのデート。

緊張《きんちょう》や期待は、もしかしたら私以上なのかもしれない。

私達《わたしたち》二人がそれぞれに思惑《おもわく》を巡《めぐ》らせながらも、時間だけは淡々《たんたん》と過ぎていき——

いよいよ、約束の週末がやってくる。

私達《わたしたち》二人の、記念すべき初デートが始まる——はずだったのだけれど。

私と彼《かれ》のデートは、まさかの結末を迎《むか》えることとなる。

いや。

まさかの結末というか、まさかの始まりというか。

♥

「今日は楽しかったですね、綾子《あやこ》さん」

「うん、楽しかったわ、タッくん」

日中に一通りのデートスポットを巡《めぐ》り、夕食も終えた後、私達《わたしたち》は夜景の綺麗《きれい》な海沿いの道を並んで歩いていた。

宇宙に浮《う》かぶ星々のような夜景を楽しみながら、今日のデートの余韻《よいん》に浸《ひた》るように、一歩一歩、のんびりと歩く。

「でもタッくん……本当によかったの？　あんな高そうなレストランでご馳走《ちそう》になっちゃって。やっぱり悪いから、私、自分の分は払《はら》うわよ」

「いいんですよ、気にしないでください。実家暮らしなんで、バイト代の使い道がないし……それに、綾子《あやこ》さんが喜んでくれるなら、こんな嬉《うれ》しい金の使い方はないですから」

「なっ……も、もう、タッくんったら」

私は恥《は》ずかしくなり、俯《うつむ》いてしまう。ああ、なんだか夢みたい……。まさかタッくんと、こんな風に大人っぽいデートを楽しめるなんて——

そこからしばらく無言のまま歩くけれど——次の瞬間《しゅんかん》。

私の指に、なにかが触《ふ》れた。

考えるまでもない。

隣《となり》を歩くタッくんが、さりげなく指を絡《から》めてきたのだ。

自然に、すごくスマートに——

「え、あ……」

「すみません、つい」

「つ、ついって……」

「嫌《いや》なら、はなします」

「ええ……？　い、嫌《いや》……じゃない、けど……うう」

ズルい。その質問の仕方はズルい。

肯定《こうてい》も否定もできず、なし崩《くず》しのような形で手を繋《つな》ぎ続けてしまう。私よりも一回り大きな、ゴツゴツした男らしい手。指を絡《から》め合っていると、それだけで信じられないぐらい心臓が高鳴ってしまう。

うう、まずい。

ダメだ。緊張《きんちょう》しすぎておかしくなりそう。

この空気がまずい。

なんていうか……いいムードすぎる！

デート終わり、夜景の綺麗《きれい》な海沿いの道、そしてちょっと積極的なタッくん……いい感じの雰囲気《ふんいき》に押《お》し流《なが》されてしまいそう――

「……そ、そろそろ帰りましょうかっ」

空気を切《き》り替《か》えるように言って、私はパッと手をはなした。

「もう言い時間だしねっ、美羽《みう》も待ってると思うし……」

言い訳をまくし立てながら、少し歩《ほ》を速めたところで――

ギュッ、と。

後ろから――抱《だ》き締《し》められた。

長い腕《うで》を巻き付けるようにされ、全身をすっぽりと包まれてしまう。

「え、え……ええっ⁉」

突然《とつぜん》のことでパニックに陥《おちい》る私に――彼《かれ》が耳元で囁《ささや》く。

少し緊張《きんちょう》で震《ふる》える声で。

けれど、どうしようもなく甘《あま》い声で。

「帰したくないって言ったら……どうします？」

「～っ⁉」

思考がオーバーヒートを起こし、脳が溶《と》けてしまいそうになる。

満天の星、夜の海。

そして——恋人《こいびと》未満の男女。

ムーディーでトレンディなBGMが、今にも流れ始めそうだった。

「……ダ、ダメ、ダメよ、タッくん……私には愛する夫……はいないけど。でも愛する娘《むすめ》がいて……いやまあ、娘《むすめ》は私達《わたしたち》の関係を応援《おうえん》してくれてるんだけど……きょ、今日は下着が……いやその、実はちゃんとしたので来てるんだけど……で、でも待って！　わ、私は一回目のデートで最後までいってしまうような簡単な女じゃ——」

「——なにやってんの、ママ？」

娘《むすめ》の声で目が覚める。

夜景の綺麗《きれい》な海沿いの道——ではなく、今は朝で、ここはベッドの上だった。

自分から布団《ふとん》にくるまってゴロゴロしていたらしい私を、美羽《みう》は心底呆《あき》れ果《は》てたような目で見ていた。

「え……み、美羽《みう》？」

「おはよ、ママ」

「お、おはよう……え？　どうして、美羽《みう》がここに……？」

「全然起きてこないから起こしに来たの。まったく、しっかりしてよね。今日は待ちに待ったタク兄《にい》とのデートの日なんだから」

そう。そうだった。

今日は——タッくんとのデートの日。

だから昨日の夜は、悶々《もんもん》として全然眠《ねむ》れなくて……そのせいで、思いっ切り寝坊《ねぼう》をしてしまったらしい。

スマホで時間を確認《かくにん》してみると、朝の八時過ぎ。

待ち合わせは十時半だから、デートの時間には余裕《よゆう》で間に合いそうだけれど、一人の主婦としては情けない起床《きしょう》時間となってしまった。

「『ダメよ、タッくん』とか寝言《ねごと》で言いながら悶《もだ》え苦しんでたけど……ママ、いったいどんな夢見てたの？」

「っ⁉　な、なんでもない！　なんでもないわよ！　すっごく普通《ふつう》の夢！」

ドン引きしたような顔で問われ、強引《ごういん》に誤魔化《ごまか》すことしかできなかった。

うう〜〜！

な、なんて夢を見てるのよ、私⁉

いくら今日がデートの日だからって……あんな乙女《おとめ》チックな妄想《もうそう》全開みたいな夢を見ちゃうなんて。

しかも。

なんていうか……妄想《もうそう》が古い！

往年のトレンディドラマっぽい！

壁《かべ》ドンや顎《あご》クイならともかく、あすなろ抱《だ》きって……！

と、年がバレてしまう！

十代、二十代にはわからない妄想《もうそう》をしてしまっている！

昭和生まれが滲《にじ》み出《で》ている！

「ま、とりあえず頑張《がんば》ってよね」

頭を抱《かか》えて懊悩《おうのう》する私に、美羽《みう》は軽い調子で告げる。

「私のことは気にしなくていいから。お泊《と》まりでも全然オッケー」

「なっ……だ、だから、前にも言ったけど泊《と》まりは——って聞いてないし……」

反論を最後まで聞くこともなく、美羽《みう》は部屋から出て行ってしまった。

「……はあ」

深く息を吐《は》く。

寝起《ねお》きからいろいろありすぎて、なんだかもう疲《つか》れてしまった。はあ、心配だわ。こんなことで、今日のデートに耐《た》えられるのかしら、私……？

早くも不安に押《お》し潰《つぶ》されそうになりながらも、とりあえずベッドから降りて、手ぐしで寝癖《ねぐせ》を整える。

パジャマから着替《きが》えようとした——そのとき。

枕元《まくらもと》に置いてあるスマホに着信があった。

画面を見て、驚《おどろ》く。

電話の相手はタッくん——ではなく、そのお母さん。

左沢朋美《あてらざわともみ》さんだった。

「も、もしもし？」

『もしもし、綾子《あやこ》さん？』

「はい。おはようございます、朋美《ともみ》さん」

『おはよう。ごめんなさいね、こんな朝早くに』

「いえ、大丈夫《だいじょうぶ》ですけど……なにかあったんですか？」

『えっとね……ううん、なんて言ったらいいのかしらね？』

大変言いづらそうに、朋美《ともみ》さんは言う。

『綾子《あやこ》さん、今日……うちの巧《たくみ》とどこか出かける予定だったんでしょう？』

「え、ええと……は、はい」

否定するのもおかしい気がしたので、頷《うなず》くしかなかった。うう、恥《は》ずかしい。向こうのお母さんにデートについて言及《げんきゅう》されるのは、なんか恥《は》ずかしい！

動揺《どうよう》する私に、朋美《ともみ》さんは告げる。

『その件なんだけど——なしにしてもらっていいかしら？』

「………………」

熱が、一気に引いた気がした。冷や水を浴びせられたような気分。羞恥心《しゅうちしん》が消え、心の温度が下がっていく。冷え切った頭の中で一瞬《いっしゅん》のうちに様々な考えが巡《めぐ》る。

ああ——

そうか。そうよね。当たり前の話よ。

私、なにを勘違《かんちが》いしてたのかしら？

なにを舞《ま》い上《あ》がってたのかしら？

私みたいなおばさんとの交際を、向こうの親が快く思うはずがない。前に一度、『認める』とは言われていたけれど——土壇場《どたんば》でその考えが変わったって、なにもおかしなことはない。

私と彼《かれ》の交際なんて、反対されて当然——

「……わかりました。すみません、本当なら私が最初からきちんと断るべきだったんです。ご迷惑《めいわく》をおかけしてしまい、申し訳ありません」

『え？　な、なに言ってるの綾子《あやこ》さん？』

謝罪を口にすると、朋美《ともみ》さんは困惑《こんわく》の声を上げた。

『迷惑《めいわく》をかけたのはこっちの方よ。本当にごめんなさいね』

「へ？」

あれ。なんだろう、この噛《か》み合《あ》わない感じは？

『せっかく予定を空けていただいたのに、まったくもう、あの子ったら……』

「え……あの、タッくん、どうかしたんですか？」

問い返す私に、朋美《ともみ》さんは告げる。

『あの子、熱を出して寝込《ねこ》んじゃったのよ』

「…………」

唖然《あぜん》として、しばらく言葉が出なかった。

かくして私達《わたしたち》の初デートは、『体調不良により中止』という、想像だにしない結末を迎《むか》えたのだった。

第二章
部屋と看病

♥

「ええ～っ⁉　タク兄《にい》が熱を出して寝込《ねこ》んだぁ⁉」

朋美《ともみ》さんとの電話が終わった後、リビングに降りて今日のデートが中止になったことを伝えると、美羽《みう》は素《す》っ頓狂《とんきょう》な声を上げた。

「う～わ～、ないわー。あり得ないって」

ソファに大きくもたれかかり、天を仰《あお》いで大げさに嘆《なげ》く。

「なにやってんのタク兄《にい》……？　人生で一番決めなきゃいけないときだってのに、なんでこんなときに熱出しちゃうの？　ああ、もうなんていうか……ダッサ」

「こら美羽《みう》。なんてこと言うの。タッくんだって好きで体調崩《くず》したわけじゃないんだから」

「わかってるけど……ダサいもんはダサいって。特に中止の連絡《れんらく》がお母さん経由ってのが最高にダサい。タク兄《にい》もう、二十歳《はたち》だよ？　学校のお休み連絡じゃないんだからさ」

「それは……しょうがないでしょう？　だってタッくん、体を引きずってでも家を出ようとしてたらしいから。それを朋美《ともみ》さんが、無理やりストップさせたみたいで……」

朋美《ともみ》さんの話によれば。

昨晩の時点で、タッくんはだいぶ具合が悪かったらしい。

今日の朝になってさらに症状《しょうじょう》が悪化。

高い熱が出て足取りが危《あや》うい状態だった。それでもタッくんは、私とのデートに向かうつもりで身支度《みじたく》を進めようとしていた。

しかし見るからに外出できる状態ではなかったため、朋美《ともみ》さんが強く説得。

息子《むすこ》を強引《ごういん》に部屋に閉《と》じ込《こ》め、そして私へと電話をかけてきたらしい。

「……朋美《ともみ》さんからの電話の後、タッくんからもメッセージが来たわ。こっちが申し訳なくなるぐらい、めちゃめちゃ謝《あやま》ってて……」

「そりゃ謝《あやま》るしかないよね。はぁーあ。まったくもう、どうしてこうなっちゃうんだか。持ってないなあ、タク兄《にい》……」

「……それでなんだけど、美羽《みう》。あなた今日は、予定ある？」

「うん？　なんで？」

「実は朋美《ともみ》さんがね、今日の昼ぐらいから用事で家を空けるらしいのよ。タッくんが一人になっちゃったら、なにかと心配でしょう？　だからお見舞《みま》いがてら、様子を見てきて欲《ほ》しいんだけど」

「えー、無理無理。私、友達と遊ぶ予定だから」

「そうなの……？　困ったわね。じゃあ、どうすれば……」

「ママが行けばいいじゃん」

美羽《みう》は言った。

当然のように、言った。

「え……わ、私？」

「ママ、暇《ひま》でしょ？　今日はデートのつもりだったんだから」

「暇《ひま》だけど……」

確かに普通《ふつう》に考えれば、私が行くのが自然な流れなのかもしれない。

今日は一日デートのつもりで予定を空けていたので、それがなくなってしまえばやることはなにもない。

でも──待って。

私が、タッくんのお見舞《みま》いに行くの？

誰《だれ》もいない彼《かれ》の家に──

「いやー……、で、でもほら、それはなんか……アレじゃない？」

「アレってなに？」

「アレはアレよ……。だって、なんていうか、ほら……ねえ？」

「……なにモジモジ恥《は》ずかしがってるの？」

「モ、モジモジ恥《は》ずかしがってなんかない！」

強く叫《さけ》ぶ私。

最初は不思議そうな顔をしていた美羽《みう》だったけれど、やがて納得《なっとく》の笑《え》みを浮《う》かべた。

「ははーん、なるほどね。タク兄《にい》のお見舞《みま》いに行って、部屋で二人きりになるのが恥《は》ずかしいんでしょ？」

「うぐっ……」

鋭《するど》く指摘《してき》され、私はのけぞるしかなかった。

「まったく……なに考えてんの？　心配しなくても変なイベントは起きないでしょ？　タク兄《にい》だって、熱出してるときまで狼《おおかみ》にはならないって」

「ち、違《ちが》うわよ！　そういうこと考えてるわけじゃなくて……」

否定を叫《さけ》ぶも、言葉は続かなかった。

だって――美羽《みう》の言う通りだから。

もちろん、部屋で二人きりになったところでなにかアダルトなイベントが起こるとは思ってないけれど――なんだか、無性《むしょう》に恥《は》ずかしくてたまらない。

誰《だれ》もいない家で、二人きり――

そんなシチュエーションを想像しただけで、信じられないぐらいに顔が熱くなり、悶々《もんもん》とした気分になってしまう。

「そもそもさ、タク兄《にい》の部屋なんて何回も行ってるんだから、今更恥《いまさらは》ずかしがることもないでしょ。遊びに行った私を迎《むか》えに来て、そのままママも一緒《いっしょ》に三人でゲームやっちゃう、みたいなこと何回もあったし」

「……それは、そうなんだけど」

確かにそう。

タッくんの部屋なんて、何回も行ったことがある。

美羽《みう》と三人で遊んだこともあるし——美羽《みう》に内緒《ないしょ》のサプライズプレゼントを計画するとき、タッくんの部屋で作戦を練ったこともある。

昔は、普通《ふつう》だった。

タッくんと部屋で二人きりになったところで、なにも意識したりはしなかった。

でも——今はもう、無理。

意識しないわけにはいかない。

あの告白以降——彼《かれ》の秘めていた想《おも》いを知って以降、私の中でタッくんの存在が信じられないぐらいに大きくなっている。

彼《かれ》とのあれこれの全てを、いちいち必要以上に意識してしまう。

そしていちいち意識しすぎている自分が恥《は》ずかしくて嫌《いや》になるという……なんだかもうどうしようもない悪循環《あくじゅんかん》……！

「なんかもうママって、こっちが恥《は》ずかしくなるぐらいタク兄《にい》のこと意識しまくってるよね」

「……あー、うるさいうるさい。ママをからかうんじゃありません」

「まあ気まずいっていう気持ちはわかったけど……でも、やっぱりママが行った方がいいと思うよ」

溜息《ためいき》交じりに美羽《みう》は言う。

「タク兄《にい》はもしかしたら、ママとのデートを楽しみにしすぎて熱を出しちゃったのかもしれないし」

「え、ええ？　そんな、遠足の日に熱を出す幼稚園児《ようちえんじ》みたいな……」

「そのぐらい楽しみだったんじゃない？」

「…………」

「とにかく——ちゃんとお見舞《みま》い行ってきてね、ママ」

改まった口調で、美羽《みう》は言う。

「タク兄《にい》の体調は心配だし……それに、ママとのデートを自分のせいで台無しにしちゃって、すごく凹《へこ》んでると思うよ？　元気づける意味でも、やっぱりママが行くのが一番だよ」

からかい調子ではなく、真面目な口調だった。

そんな真剣《しんけん》に正論を言われてしまえば、

「……わ、わかったわよ」

私はもう、頷《うなず》く他なかった。

不測の事態でデートは中止になってしまったけれど——いずれにしても今日は、タッくんと一緒《いっしょ》にいる日になってしまうらしい。

♠

夢を見ていた。

全身がダルくて、頭がボーッとして……寝《ね》ているのか起きているのかも曖昧《あいまい》なぼんやりとした状態で、俺《おれ》は薄《うっす》らと夢を見ていた。

綾子《あやこ》さんの夢、だった。

嬉《うれ》しいような恥《は》ずかしいような、複雑な気分だ。比喩《ひゆ》表現ではなく本当の意味で、俺《おれ》は寝《ね》ても覚めても彼女《かのじょ》のことばかり考えてしまっているらしい。

目の前には綾子《あやこ》さんが立っている——そして俺《おれ》の視線はかなり低く、彼女《かのじょ》を見上げるような感じ。

まだ俺《おれ》が、彼女《かのじょ》より背が低かった頃《ころ》——まだ俺《おれ》が、自分を『僕《ぼく》』と呼んでいた頃《ころ》の夢であるらしい。

「タ、タッくん……」

こちらを見る綾子《あやこ》さんの顔は、真っ赤だった。

その理由は——彼女《かのじょ》の衣装《いしょう》にある。

「どうかな、これ……？　サ、サンタさんに見えるかな？」

サンタの衣装《いしょう》。

と言っても、恰幅《かっぷく》のいいおじさんが着ていそうな、赤い長袖《ながそで》長ズボンじゃない。

有《あ》り体《てい》に言うなら——サンタビキニだ。

胸やお尻《しり》を覆《おお》うのは、面積の少ない真っ赤な布。出るところは凄《すさ》まじく出ているというのに、
腰《こし》にはしっかりとしたくびれがあった。

とにかく露出《ろしゅつ》過多で、彼女《かのじょ》の極上《ごくじょう》のスタイルが露《あら》わとなっている。

子供だった俺《おれ》には、あまりに刺激《しげき》が強い光景——いや。

別に子供とか関係なく、今見たって刺激《しげき》が強すぎる。

綾子《あやこ》さんのサンタビキニには、それだけの破壊《はかい》力があった。

「あはは……や、やっぱりこれはやめましょうね。ちょっと寒いし……それに、なんかエッチな気がするし」

強調されてしまう胸やお尻《しり》をどう隠《かく》そうかと体を捩《よじ》らせながら、恥《は》ずかしさを誤魔化《ごまか》すように笑う綾子《あやこ》さん。

いや。

おいおい。

なんて夢を見てんだよ、俺《おれ》は……？

なんで――『あのとき』の夢を見てるんだ？

昔の夢を見るにしても……もっと他になんかあるだろう？

欲求不満なのか？　なんでこんな、脳内の宝物フォルダでも結構上位に位置するエッチなイベントを夢で思い出してしまっているんだろうか？

「えっと……」

夢の中の俺《おれ》が、まだ小さい俺《おれ》が、口を開く。

過去のイベントをなぞるように――

「よ、よく似合ってるよ、綾子《あやこ》ママ――」

「……るよ、綾子《あやこ》ママ」

「へ？　は、はい……」

まどろみの中――聞き覚えのある声が聞こえた。

重たい瞼《まぶた》を押《お》し上《あ》げると、そこは俺《おれ》の部屋で――それなのに、俺《おれ》の部屋にいるはずがない人が目の前にいた。

綾子《あやこ》さん。

寝《ね》ても覚めても考えてしまっている彼女《かのじょ》が、ベッドで寝《ね》ている俺《おれ》をやや困り顔で見下ろしていた。

ああ、俺《おれ》はまだ夢を見ているのだろうか？

俺《おれ》の部屋に、綾子《あやこ》さんがいるはずなんてないのに――

「綾子《あやこ》ママ……」

寝《ね》ぼけた頭で名前を呼び、なんとなく俺《おれ》は手を伸《の》ばしてしまう。熱のせいだろうか。砂漠《さばく》で水を求めて彷徨《さまよ》う中、オアシスの蜃気楼《しんきろう》を見つけて手を伸《の》ばすような、そんな心境だった。

けれど。

その蜃気楼《しんきろう》は――実体を持っていた。

伸《の》ばした俺《おれ》の手を、優《やさ》しく握《にぎ》りしめてくれた。

「う、うん……あ、綾子《あやこ》ママですよー？」

「……え？　えええっ⁉」

照れたような声と、手を握《にぎ》り返してくれる感触《かんしょく》で、俺《おれ》の意識はようやく覚醒《かくせい》する。

ガバッと勢いよく体を起こし、ベッドの横にいる女性を凝視《ぎょうし》した。

「あ――綾子《あやこ》さん⁉」

「こんにちは、タッくん」

驚愕《きょうがく》する俺《おれ》に、彼女《かのじょ》はやや困り顔の笑《え》みを向けた。

ベッドで体を起こしたタッくんは、私を見て目を丸くした。

「な……え？　ど、どうして綾子《あやこ》さんが、俺《おれ》の部屋に……？」

「えっとね、朋美《ともみ》さんが今日、午後からいないって聞いて……だから、お見舞《みま》いがてら様子を見に来たの」

♥

「そ、そうだったんですか……」

「体調はどう、タッくん？」

「え……あ、ああ……少し、よくなったみたいです。薬飲んだ後、午前中はずっと寝《ね》てましたから。朝はほんと、意識朦朧《もうろう》としてたんですけど」

まだどこか寝《ね》ぼけたような口調で言うタッくんだったけれど、段々とその表情が曇《くも》っていく。

「……そうだ。俺《おれ》、こんな日に、熱なんか出して寝込《ねこ》んで……」

激しい後悔《こうかい》と罪悪感を滲《にじ》ませた声で呟《つぶや》いた後、私に向かって頭を下げる。

「綾子《あやこ》さん……俺《おれ》、本当にすみません」

「い、いいのよっ。謝《あやま》らないでタッくん。私、全然気にしてないから」

「でも……せっかく綾子《あやこ》さんがデートしてくれるはずだったのに……」

「病気じゃしょうがないわよ。気に病《や》まないで」

「はい……」

頷《うなず》いてくれるけれど、落《お》ち込《こ》んでいるのは明らかだった。

「でもこんな時期に風邪《かぜ》なんてね」

「……実は、ここ数日、あんまり寝《ね》てなくて」

タックんは申し訳なさそうに口を開いた。

「寝《ね》てないって、どうして？」

「いや、その……あ、綾子《あやこ》さんとのデートのこと考えたら、なんか全然眠《ねむ》れなくなっちゃって」

「……え？」

「あと……いろいろ予行練習とかもしてて」

「よ、予行練習？」

「今日はレンタカー借りるつもりだったんですけど……俺《おれ》、去年免許《めんきょ》だけ取った後、あんまり運転してなかったから、少し慣れておきたくて。それで最近、夜中に親父《おやじ》に車借りて、デートで通るルートを何回か運転したりして」

「そ、そんなことしてたの⁉」

「いや、だって……当日運転でミスったら、格好悪いじゃないですか……？」

「それはわかるけど……」

驚《おどろ》いた。そりゃまあ、なんというか……タッくんは今回のデートには気合いが入ってそうとは思っていたけれど——ここまでとは思わなかった。

まさか、睡眠《すいみん》時間を削《けず》ってまでデートルートを予習してたなんて。

「気持ちは嬉《うれ》しいけど……頑張《がんば》りすぎよ。私とのデートなんか、もっと適当でいいのに……」

「——適当なんて無理ですよ」

まっすぐ私のことを見つめて、タッくんは強く反論した。

「ずっと待ち望んできた、綾子《あやこ》さんとのデートなんですから。適当になんてできるはずがないでしょう。絶対に成功させたかったし……それになにより、すげえ楽しみだったから。だから……居ても立ってもいられなかったんです」

「タッくん……」

「でも、その結果、今日になって体調崩《くず》してるんじゃ……本末転倒《ほんまつてんとう》もいいところですよ。ほんと、格好悪い……。ダセえにもほどがある……」

ベッドの上で項垂《うなだ》れて、果てしなく落《お》ち込んでしまう。

美羽《みう》の予想は、ある意味当たっていたらしい。

デートへの意気《いき》込《ご》みがすごすぎて、気合いが空回りした。遠足を楽しみにしすぎて当日に熱を出す幼稚《ようち》園児《えんじ》みたいなことになってしまった。

格好悪いと言えば、確かに格好悪いのかもしれない。

でも――

弱って落《お》ち込《こ》んでいる彼《かれ》が――どうしてか、愛おしくてたまらなかった。

胸《むね》の奥《おく》が、キュンとする。

「……っ」

気づけば私は、布団《ふとん》の上に置かれた彼《かれ》の手に、自分の手を重ねていた。

「ありがとう、タッくん」

「私のために、いろいろ頑張《がんば》ってくれて」

「綾子《あやこ》さん……でも、俺《おれ》……」

「大丈夫《だいじょうぶ》。さっきも言ったけど、私、全然気にしてないから。確かにちょっと上手くはいかなかったかもしれないけど……でも、気持ちは十分伝わったから。デートのために頑張《がんば》ってくれたタッくんの気持ちが、本当に嬉《うれ》しいの」

「…………」

「だからもう落《お》ち込《こ》まないで、ゆっくり休んで頂戴《ちょうだい》。元気になったら……ええと、その……こ、今度こそちゃんとデートしましょうね！」

「え？」

タッくんは跳《は》ねるように顔を上げた。

うう……す、すごい反応のよさ。

どんよりとしていた目に、一気に光が戻《もど》った感じ。

「い、いいんですか？」

「……いいわよ」

「次のデート、いいんですか？」

「……うん」

「本当に——」

「い、いいって言ってるでしょっ、もぉっ」

何度も確認《かくにん》しないでよ！

恥《は》ずかしくなってくるから！

うう……おかしい。なんでこうなるの？　私はデートに誘《さそ》われた側だったはずなのに、これじゃまるで、私の方から積極的に誘《さそ》ってるみたい……！

違《ちが》う、違《ちが》うのよ！　だってタッくんがあまりに落《お》ち込《こ》んでるから、それで仕方なく……そう、仕方がないことなのよ、これは！

「た、体調不良ならしょうがないからね。こういうのは、中止じゃなくて延期が普通《ふつう》でしょう。うん、それが普通《ふつう》ね、普通《ふつう》。極《きわ》めて一般《いっぱん》的なことだと思うわ」

「……そっか。延期か」

タックんはそこで、安心したように笑った。

ああ、もう……わかりやすく嬉《うれ》しそうにしちゃって。

そんな至福そうな笑顔《えがお》を見せられると、さっきの弱ってたときの辛《つら》そうな表情とのギャップで……なんだかもう、クラクラしてしまう。

「……あっ。タックん、食欲はどう？　わ、私、おかゆ作って来たから、温めてくるわね！」

なんだかいい感じの空気に耐《た》え切れなくなって、私は一旦《いったん》部屋を出た。

左沢《あてらざわ》家のキッチンは、何度か使わせてもらったことがある。

美羽《みう》と一緒《いっしょ》に夕飯をご馳走《ちそう》になったときなどには、片付けや皿洗いを手伝わせてもらっていた。

今日も私がお見舞《みま》いに行く旨《むね》を伝えたところ、朋美《ともみ》さんからは「キッチンは自由に使っていい」と言われているので、遠慮《えんりょ》なく使わせてもらう。

お鍋《なべ》に入れて盛《も》ってきたおかゆを軽く温め直した後、お椀《わん》に取り分けてから部屋へと戻った。

「お待たせ。さあ、召《め》し上《あ》がれ」

「すみません、ありがとうございます」

タックんは体を起こしてベッドに腰掛《こしか》け、おかゆに手を伸《の》ばした。

「あっ。ちょっと待って、まだ少し熱いかも」

彼《かれ》より早くお椀《わん》を手に取り、レンゲで一口分掬《すく》い上《あ》げた。

そして。

「ふー、ふー」

何回も息をかけて、おかゆの熱を冷ます。

「よし、できた。はい、あーん」

「え……？」

レンゲを口元に運ぼうとすると、タッくんは顔を赤くして硬直《こうちょく》した。

その反応を見て——私は自分の失態に気づく。

「あっ。ご、ごめん！　ち、違《ちが》うの！　いつも美羽《みう》にはこういう風にしてるから、つい……

あの子、風邪《かぜ》引いたときなんかはすごく甘《あま》えん坊《ぼう》になるから……！」

「だ、大丈夫《だいじょうぶ》です！　わかってます！」

お互《たが》いに赤面しながら叫《さけ》び合った後、タッくんは私からお盆《ぼん》を受け取り、おかゆを食べ始めた。

今度はちゃんと、自分の手で。

「はふ……美味《おい》しいです」

「ほんと？　よかった」

タッくんはそのまま、盛《も》り盛《も》りとおかゆを食べてくれる。食欲があるならなによりだ。顔色も悪くないし、このまま快方に向かってくれるといいんだけど。

彼《かれ》の食べる姿を見つめていると——ふと昔を思い出した。

「……昔は、『あーん』なんて普《ふ》通《つう》にできたのにね」

「え？」

「『あーん』でタッくんに食べさせてあげたこと、何回もあるでしょ？」

「それは……小さい頃《ころ》の話でしょ？　綾《あや》子《こ》さんがやるから、俺《おれ》は仕方なく……」

「ふふっ。そうね。タッくん、毎回すごく恥《は》ずかしそうにするんだけど、でもちゃんと『あーん』って口を開けてくれて、すごくかわいかったわ」

「……っ」

顔を赤らめ、言葉に詰《つ》まるタッくん。

そんな反応がかわいくて、私はつい、追い打ちをかけてしまう。

「そういえばタッくん——さっき『綾《あや》子《こ》ママ』って言ってたわよね」

「ぶっ……げほげほっ」

噎《む》せながらも、どうにか口の中のおかゆを呑《の》み込《こ》むタッくん。それからいたたまれないような顔で、私の方を見てくる。

「き、聞こえてたんですか？」

「うん。聞こえちゃった」

「……マジか。いや、違《ちが》うんですよ。ただ昔の夢を見てたから、そのせいで……」

「ふふふ。懐《なつ》かしいわね、『綾子《あやこ》ママ』って呼ばれるの。タッくんってば、いつの間にか『綾《あや》子《こ》さん』って呼ぶようになっちゃったし」

「当たり前でしょう……いつまでも『綾子《あやこ》ママ』なんて呼べませんよ」

「……そうね」

本当に——当たり前の話だ。

出会った頃《ころ》はまだ十歳《さい》だった少年は、この十年で二十歳《はたち》になった。

少年から、一人の男へと成長した。

だけど私は、心のどこかでずっと、彼《かれ》を子供扱《こどもあつか》いしていたんだろう。

だから——全く気づけなかった。

彼《かれ》の秘めたる想《おも》いに、気づいてあげることができなかった。

そのせいで今、こんなにも困惑《こんわく》し、迷走《めいそう》している。

もちろんタッくんはなにも悪くない。ただひたすら、ひたむきに一途《いちず》に生きてきただけ。ちゃんと立派に年を重ねて、一人の男へと成長しただけ。

問題があるのは——私。

私の見方や、捉《とら》え方の問題。

なんてことはない。結局全ては、私の心の問題——

「ねえ、タッくん。どんな夢を見てたの？」

ふと気になって問うてしまう。

いったい、いつの夢を見ていたのだろう。

私と彼《かれ》の、共に過ごした十年間——私は彼《かれ》を息子《むすこ》か弟のようにしか思っていなかったけれど、彼《かれ》の方は私を、一人の異性として意識していた。

同じ時を過ごしながら、まるで違《ちが》う方を向いていた十年間。

熱に浮《う》かされていた彼《かれ》は、いつを思い出したのだろう。

「それ、は……ええと」

大変言いにくそうに、タッくんは言う。

「綾子《あやこ》さんが……サンタのビキニ着てる夢」

「ぶっ」

吹《ふ》き出《だ》す。

しんみりとした気分を吹《ふ》き飛《と》ばす勢いで、思い切り吹《ふ》き出《だ》す。

「えっ、ええ!? サンタのビキニって……ア、アレのこと!?」

「そう、ですね。アレ……です」

「やだもぉっ！　なんでそんな夢見てるの!?」

「いや、なんでと言われても、見てしまったものは見てしまって……」

うう〜っ！

まさかタッくんの夢が——あのときの夢だったなんて！

記憶《きおく》の奥底《おくそこ》にしまい込《こ》んでてすっかりと忘れていた黒歴史を、今はっきりと思い出してしまった。

いつだかのクリスマスで、盛大《せいだい》にやらかしてしまった黒歴史。

普通のサンタの服を買うつもりが、間違《まちが》えてへそ出しサンタ服を買ってしまうという大失態。

相手がタッくんでよかった。他の人に見られたら死んでたかも……とまで思っていたけれど——でも、タッくんは十歳《さい》ぐらいの頃《ころ》から私を異性として意識していたとなれば話が結構変わってくる。

うわあ。うわぁ〜〜〜っ！

「うう……タッくんのバカぁ。なんでそんな昔のこと覚えてるの？」

「すみません……。でも、いろいろ衝撃《しょうげき》だったから」

「わ、悪かったわねっ。どうせ変でしたよ、どうせ似合ってませんでしたよ！」

「いやっ、そうじゃなくて……い、いい意味で衝撃《しょうげき》だったっていうか。綾子《あやこ》さん、スタイルがいいから、ああいう格好もすごく似合ってて……」

「なっ……い、いいのよ、そういうお世辞は」

「お世辞じゃないです！　綾子《あやこ》さんは本当に綺麗《きれい》で、スタイルも完璧《かんぺき》で……だから俺《おれ》、純粋《じゅんすい》に見とれちゃって――」

「～～っ！　わ、わかったっ。わかったからっ」

褒《ほ》め殺しにされて耐《た》え切れなくなってしまう。もうダメ。やめて。本当にやめて。これ以上褒《ほ》められたら……なんかもう、どうにかなってしまいそう。

「もう……エッチなのね、タッくんは」

恥《は》ずかしさの余り、つい拗《す》ねるような口調で言ってしまった。

「エ、エッチと言われても……」

「お風呂《ふろ》に一緒《いっしょ》に入ったときも、しっかりおっぱいは見てたって言ってたし……」

「……一応、これだけは言っておきますけど、サンタビキニもお風呂《ふろ》も、俺《おれ》は一方的に見せられただけで、決して自分から見たわけじゃ」

「へ、屁理屈《へりくつ》はいいのよ！　いいからもう、全部忘れて！」

強引《ごういん》に叫《さけ》ぶ私。

どう考えても屁理屈《へりくつ》を言っているのは私の方だっていうのに。

「す、すみません……」

ああ……謝《あやま》らせちゃった。ごめんタッくん。私が恥《は》ずかしくて支離滅裂《しりめつれつ》なこと言ってるだけなのに。

罪悪感に囚《とら》われる私に、「でも」とタックんは続けた。

「エッチになるのは……しょうがないじゃないですか」

「へ……？」

「目の前で好きな女性が過激な格好してたら……そりゃ、男なら誰《だれ》だって変な気分になっちゃいますよ」

「え……ええ？」

「忘れるのなんて絶対無理です。脳内にバッチリ残っちゃってる。それこそ、何回も夢に見るぐらいに」

「な、何回も……」

狼狽《うろた》える私を、タックんは正面から見つめてきた。

羞恥《しゅうち》に顔を赤らめながらも、目は逸《そ》らすことはない。

ジッ、と。

情熱を秘めた目で、射抜《いぬ》くように見つめてくる。

「俺《おれ》は……なんつーか、外見だけで綾子《あやこ》さんを好きになったわけじゃないですけど……でも、見た目も……すごく好きです。顔はもちろん、スタイルとかも全部が魅力《みりょく》的で……」

「なっ、う、あ……あう……」

火傷《やけど》しそうなほど熱い眼差《まなざ》しを向けられながら、またも褒《ほ》め殺しにされ、私はもうどうしたらいいかわからない。

体が熱い。

頭がボーッとしてくる。

羞恥《しゅうち》と興奮が加速し続け、正常な判断力が消えていく――

「……ほんと、なの？」

気づけば、私は口を開いていた。

胸に手を当てて、自分の体を示すようにしながら。

「タッくん、本当に私の……その、体も、好きなの？」

「え。いや……か、体って言っちゃうとなんか生々しいですけど……はい。好き……です」

「……そうなんだ。だったら――」

言いつつ、私はベッドに腰掛《こしか》ける。

タッくんの真横に、かなり近い位置に。

「――今、確かめてみる？」

♠

なにを言われたのか、さっぱりわからなかった。

確かめてみる？

なにをだ？

文脈で考えれば……体を確かめてみるってことか？　いや、ありえないだろ。綾子《あやこ》さんがそんなこと言うはずがない。ないない。絶対ない。

一瞬《いっしゅん》のうちに様々な思考を巡《めぐ》らせるも——

「手、貸してくれる？」

彼女《かのじょ》の手が触《ふ》れた瞬間《しゅんかん》、全ての思考が吹《ふ》き飛《と》んだ。

両手で、俺《おれ》の左手の手首辺りを掴《つか》む。

そして——自分の方へと引き寄せる。

「なっ。あ、綾子《あやこ》さん……!?　なにやってるんですか？」

「いいから。黙《だま》って手を伸《の》ばして」

「でも、ちょ、ちょっと待って——」

「わ、私だって恥《は》ずかしいのよ！　でもタッくんには……ちゃんと触《さわ》って確かめて欲《ほ》しいの」

「触《さわ》ってって……」

え？　え？　なんだこれ？　どういう流れなんだ？

混乱の極致《きょくち》となる俺《おれ》を無視して、綾子《あやこ》さんは手をさらに引っ張った。段々と手が彼女《かのじょ》へと近づいていき、視線も自然と引きずられる。

否応《いやおう》なく目に入《は》ってしまうのは——豊満な胸部。

ニットを押《お》し上《あ》げる暴力的なまでの膨《ふく》らみが、視線を捉《とら》えてはなさない。彼女《かのじょ》がほんの少し身を捩《よじ》るだけでも、膨《ふく》らみが大きく揺《ゆ》れ、同時に俺《おれ》の理性も揺《ゆ》らぐ。

大きい。

本当に大きくて……すごい。

あまりに巨大《きょだい》な禁断の果実は、俺《おれ》の手からほんの数センチの場所にあった。

「私みたいなおばさんのものなんて……触《さわ》りたくないかもしれないけど」

「え……いやっ、触《さわ》りたくないわけじゃなくて……」

触《さわ》りたいに決まっている。

正直な話……何度妄想《もうそう》したかわからない。

俺《おれ》は決して体目当てで綾子《あやこ》さんを好きになったわけじゃないけれど……でも、俺《おれ》だって男なんだ。純粋《じゅんすい》なだけではいられない。

好きな女のおっぱいは——触《さわ》りたいに決まっているだろう。

でも。

だからって……こんな謎《なぞ》の流れはなんか嫌《いや》だ！

「ま、待ってください、綾子《あやこ》さん！　ど、どうしたんですか、急に……」

「いいから！　こ、こういうのは勢いが大事なの！」

「勢いって……」

「ほら、大人しくしなさい！」

羞恥《しゅうち》が滲《にじ》む顔で激しくまくしたてながら、俺《おれ》の手を引っ張り続ける。

本気を出せば、彼女《かのじょ》の手を振《ふ》り払《はら》うことはできただろう。

でも——無理だった。

いくら理性が拒否《きょひ》しようとも、溢《あふ》れ出《で》る煩悩《ぼんのう》が理性の働きを鈍《にぶ》らせる。

結果、俺《おれ》は能動的に動くことができず、されるがままとなってしまう。

綾子《あやこ》さんは俺《おれ》の手を強く引き、己《おのれ》の上半身へと導く。

ニットの、その中へと——

「なっ……」

直《じか》っ⁉

ちょっと待って、直《じか》なの⁉

服の上からでも十分すぎるのに、いきなりダイレクトっ⁉

「あ、綾子《あやこ》さん……！」

「……いいのよ、タッくん」

羞恥《しゅうち》に必死に耐《た》えるような表情で、艶《つや》っぽい声で囁《ささや》く綾子《あやこ》さん。

俺《おれ》の手は服の中へ滑《すべ》り込《こ》むように侵入《しんにゅう》していく。ニットの下の、インナーのさらに内側。指先が柔肌《やわはだ》に直接触《ふ》れると、びくん、と彼女《かのじょ》は身を震《ふる》わせ、

「あっ。ふぅ、ん……」

と甘《あま》い声を上げた。

「す、すみません……」

「……大丈夫《だいじょうぶ》。ちょっと、手が冷たくてびっくりしただけだから」

呼吸を整えた後、彼女《かのじょ》はまっすぐ俺《おれ》を見つめる。

「さあ……タッくん。遠慮《えんりょ》しなくていいから、ちゃんと触《さわ》ってみて」

そこで俺《おれ》の手が、思い切り強く引っ張られる。

もにゅん、と。

柔《やわ》らかな感触《かんしょく》が、手のひらに伝わった。

正直な感想を言えば……予想よりは慎《つつ》ましい感触《かんしょく》だった。

もっとこう、片手では到底《とうてい》収まり切らないようなボリュームを想像していたが、そこまでの質量は感じない。

でも、しっとりとして温かい柔肌《やわはだ》は、触《ふ》れていてとても心地《ここち》がよかった。

このままずっと触《さわ》っていたくなるような、幸福な感触《かんしょく》——

「どう、タッくん？」

「……どうって言われても」

「これが、私の体……私の……お、お肉よ」

お肉。

肉と言えば、確かに肉なのだろう。

世の中の大半の男が愛して止《や》まない女性の乳房《ちぶさ》——おっぱいだって、言ってしまえばただの脂肪《しぼう》の塊《かたまり》なのだ。ただの肉の塊《かたまり》に、多くの男が恋《こ》い焦《こ》がれ、渇望《かつぼう》し、翻弄《ほんろう》されて、時に人生さえも狂《くる》わされる。

今触《ふ》れているのだって、言ってしまえば単なる肉。

ただし。

俺《おれ》が今触《ふ》れているのは、おっぱいではなく——

——お腹《なか》、だった。

「あの……綾子《あやこ》さん。すごく純粋《じゅんすい》な疑問なんですけど」

「な、なにかしら？」

「……なんで俺《おれ》は、お腹《なか》を揉《も》まされているのでしょうか？」

激しい混乱と、壮大《そうだい》な肩《かた》すかしを食らったような気分が、俺《おれ》を襲《おそ》っていた。

インナーの中に引《ひ》きずり込《こ》まれた手は、そのまま急上昇《きゅうじょうしょう》して胸部へ向かう——のかと思いきや、なぜか直進した。

綾子《あやこ》さんが俺《おれ》に揉《も》ませたのは、彼女《かのじょ》のお腹《なか》だった。

……なぜに？

なぜに——お腹《なか》？

「な、なんでって……さっき言ったでしょ？　確かめさせてあげるって」

恥《は》ずかしさを押《お》し殺《ころ》したような顔で、俺《おれ》の手をぐいぐいと自分のお腹《なか》に押《お》しつけながら、綾《あや》子《こ》さんは言う。

「タッくんは、ちょっと私を美化しすぎっていうか……。その、なんていうか、二十代の頃《ころ》の私の体しか知らないわけでしょ？　だから、昔の幻想《げんそう》を抱《いだ》いてるタッくんに、今のリアルな私を体感して——え⁉　え、ええっ⁉」

説明の途中《とちゅう》、綾子《あやこ》さんが素《す》っ頓狂《とんきょう》な声を上げた。

俺《おれ》の手首を掴《つか》んでいた手をはなして、飛《と》び退《の》くように距離《きょり》を取る。

「や、やだっ……タッくん、そ、それ……！」

「え……？」

「えと、だから、それ……す、すごいことになってる……！」

両手で顔を隠《かく》しながら、耳まで赤くして綾子《あやこ》さんは叫《さけ》ぶ。

指の隙間《すきま》から覗《のぞ》く困惑《こんわく》の視線を追いかけると——そこは、俺《おれ》の股間《こかん》だった。

下半身の『俺自身《おれじしん》』が、激しく存在を主張していた。

ジーパンやスラックスなどとは違《ちが》い、パジャマの薄《うす》い布は内側からの隆起《りゅうき》を全く隠《かく》してくれない。

天に向かって猛々《たけだけ》しく布地を押《お》し上《あ》げている——

「う、うわあっ！」

俺《おれ》は布団《ふとん》に手を伸《の》ばし、大慌《おおあわ》てで股間《こかん》を隠《かく》した。

だいぶ今更《いまさら》だったけれど。

「す、すみませんっ！　俺《おれ》……」

「タッくん……え？　ど、どうして……？」

恥《は》ずかしさと申し訳なさでいたたまれない気持ちになる俺《おれ》に対し、綾子《あやこ》さんは激しく困惑《こんわく》した様子で問うてきた。

「お――お腹《なか》を触《さわ》って大きくしちゃったの……!?」

「…………」

どうやら、なにかを勘違《かんちが》いされたようだった。

「え……ええ？　男の人って、お腹《なか》を揉《も》んでも興奮するものなの？　それとも、タッくんはそういう特殊《とくしゅ》な趣味《しゅみ》――」

「違《ちが》います！　お腹《なか》で興奮したわけじゃありません！」

「だ、だって、現に……」

「いやだからこれは……その、俺《おれ》は今、てっきり綾子《あやこ》さんが……む、胸を触《さわ》らせてくれるものだとばかり」

「へ…………えええっ!?」

落ち着き始めた顔色が、また沸騰《ふっとう》したように赤く染まる。

「な、なに考えてるのよタッくん！　胸なんて触《さわ》らせるわけがないでしょ！」

「そ、そうなんですけど」

「私がタッくんの手を引いて、自分から胸を触《さわ》らせるなんて……～っ！　そ、そんな変態みたいなことしないわよ！　私はお腹《なか》を触《さわ》らせたかっただけ！」

「…………」

いや。

それもそれで、変態と言えば変態なのではなかろうか？

「お、おっぱいを触《さわ》らせるなんて。まったく……エッチなことばかり考えてるから、そんな勘違いをしちゃうのよっ」

「……す、すみません」

ムスッと怒《おこ》る綾子《あやこ》さんに、俺《おれ》は一応謝《あやま》るも、まるで釈然《しゃくぜん》とはしなかった。

え——……これは、俺《おれ》は悪くないだろう。

どう考えても、紛《まぎ》らわしい真似《まね》をした綾子《あやこ》さんが悪いと思う。

あんなことされたら、十人中十人の男が勘違《かんちが》いするって。

「でも綾子《あやこ》さん……だったら、なんでお腹《なか》を……？」

「それは……、い、今の私を知ってもらいたかったからよ」

言葉に詰《つ》まりつつも、綾子《あやこ》さんは言う。

「……タッくんが私の裸《はだか》やビキニを見たのって、もうずいぶんと前の話でしょ？　だから……さっきスタイルをすごく褒《ほ》めてくれたけど、それは全部昔の私のことであって……。タッくんが今の私に——三十代になった私に幻想《げんそう》を抱《いだ》いてるなら、早めに現実を理解してもらった方がいいかと思って……」

段々と声は小さくなり、ごにょごにょと続ける。

「……その、ね。やっぱり年を取ると、いろいろ……余分なものが体についてきちゃってね。

最近ちょっとサボってたから、お腹《なか》周りに油断が……」

「そんなこと、気にしてたんですか」

「そ、そんなことって……三十代女子にとっては気になるところなの！」

「気にしなくていいですよ。綾子《あやこ》さん、全然太ってないですし」

「……う、嘘《うそ》よ！　いいのよ、そんなお世辞は！　タッくんも今触《さわ》って確かめたでしょ？」

「そりゃ、まあ……確かに、ちょっとはお肉を感じましたけど。もにゅん、って感じで」

「ほらぁ、やっぱり……」

泣きそうになる綾子《あやこ》さんに向け、「でも」と言葉を続ける。

「全然普通《ふつう》の体型ですよ。それに女性は、ちょっとぐらい肉付きがいい方が魅力《みりょく》的だと思いますし。あと……お腹《なか》が少しぷにぷにしてる綾子《あやこ》さんも、なんか、かわいいなって」

「……っ」

「いや、ぷにぷにのお腹《なか》がかわいいっていうか、ぷにぷにを気にしてる綾子《あやこ》さんがすげえかわいいって感じで。いや、ぷにぷにのお腹《なか》もそれはそれで魅力《みりょく》が――」

「な、何回ぷにぷにって言うのよ！」

照れて叫《さけ》ぶ綾子《あやこ》さんだった。

「うう……もぉ～、また大人をからかって」

「からかったわけじゃ……」

「……お腹触《なかさわ》って大きくしちゃう変態のくせに」

「だからそれは誤解ですって！」

ボソッと嫌《いや》みっぽく言った綾子《あやこ》さんに慌《あわ》てて突《つ》っ込《こ》んだ。

しばらく気まずい空気が流れるも、

「……ふふっ」

やがて綾子《あやこ》さんが、吹《ふ》き出《だ》すように笑った。

「お見舞《みま》いに来たはずなのに、なにやってるのかしらね、私達《わたしたち》……？」

自嘲《じちょう》気味に呟《つぶや》いた後、綾子《あやこ》さんは改めて俺《おれ》を見た。

「ごめんね。その……紛《まぎ》らわしいことしちゃって」

「いえ。俺《おれ》の方こそ、お見苦しいものを」

お互《たが》いに頭を下げ合った。

「とりあえず……タッくんはだいぶ元気になったみたいだし、安心したわ」

ホッとしたようにそう言った直後、ハッと顔を赤らめる。

「い、今の『元気になった』は体調的な意味の話ね！　へ、変な意味じゃなくて！」

「大丈夫《だいじょうぶ》です！　わかってますから！」

完全に余計なフォローを入れてしまう綾子《あやこ》さんだった。

んんっ、と一旦咳払《いったんせきばら》いをした後、彼女《かのじょ》はすくりと立ち上がり、空のお椀《わん》が載ったお盆《ぼん》を手に取った。

「じゃあ、私、そろそろ帰るわね」

「あの……本当にありがとうございました。嬉《うれ》しかったです、お見舞《みま》い、来てもらえて」

「ううん、気にしないで。しっかり休んで早く治すようにね」

「はい。元気になったら──また、デートに誘《さそ》わせてください」

俺《おれ》は言った。

照れはあったけれど、押《お》し殺《ころ》して言った。

綾子《あやこ》さんは一瞬《いっしゅん》、面食らった顔をした後、

「……うん、待ってるね」

と、素っ気ない感じで答えてくれた。

彼女《かのじょ》が帰った後、俺《おれ》はベッドに横になってゆっくり休む。

まだ体は少し熱っぽかったけれど、気持ちは驚《おど》くほど晴れやかだった。

♥

その日の夜──

『わはは。風邪《かぜ》でデートがキャンセルとは、予想だにしない結末だね。さすがの私も予想できなかったよ。こいつは傑作《けっさく》だ』

「……笑い事じゃないですよ」

『おっと失礼。そうだね、人の不幸を笑うのはよくない。しかし……あながち不幸とも言い切れないのかもしれないね』

「？　どういう意味です？」

『左沢《あてらざわ》くんはデートをする代わりに、ちゃっかり看病イベントをこなしてしまったようだからね。功罪というのか、不幸中の幸いというのか』

「看病イベントって……」

『話を聞く限りじゃ、そのイベントできっちり親密度を深めたようだし……ふふっ。土壇場《どたんば》で体調を崩《くず》すなんて、なんとも持ってない男だと思ったけれど、むしろ逆に、いいものを持っているのかもしれないね。順調に歌枕《かつらぎ》くん攻略《こうりゃく》のフラグを構築してるようでなによりだよ』

「……ちょっとゲーム脳が過ぎるんじゃないですか、狼森《おいのもり》さん」

『ははは。そうかもしれない。最近、ゲーム案件が立《た》て込《こ》んでたからね。頭がすっかりそっちに染まっていたようだ』

「まったく……」

『左沢巧《あてらざわたくみ》くん、か……。ふふふ』

狼森《おいのもり》さんは言う。

大層愉《ゆ》快《かい》そうな声で。

『ぜひ一度、会って話がしてみたいものだね』

第三章
聖夜と水着

♠

本来ならばここですぐ、次の話へと進行すべきなのだろう。

前章の最後で思い切り前フリしたからきっと誰《だれ》もが予想がつくだろうけれど、次の話では綾《あや》子《こ》さんの上司——狼森夢美《おいのもりゆめみ》さんが突如《とつじょ》として俺達《おれたち》の前に現れ、一騒動《そうどう》が起きる。

しかし。

そんな『狼森《おいのもり》さん襲来《しゅうらい》編』の前に、どうしてもやっておきたい話がある。

時系列をねじ曲げてでも、挟《はさ》み込《こ》んでおきたい回想がある。

それは——綾《あや》子《こ》さんのサンタビキニについて。

前章で少しばかり言及《げんきゅう》したコスプレ衣装《いしょう》についてだが……あまりに語り足りないというか、情報が断片《だんぺん》的すぎるというか。

このままでは、彼女がただ悪ノリで変態チックな格好をしたと思われてしまう恐《おそ》れがある。

違《ちが》う。違《ちが》うのだ。

綾子《あやこ》さんが恥《は》ずかしい格好をしたことには、ちゃんと理由がある。

彼女《かのじょ》らしい、理由がある。

俺《おれ》としては、どうしてもそれだけは語っておきたい。注釈《ちゅうしゃく》を入れておきたい。俺《おれ》が誤解されるのは構わないが、綾子《あやこ》さんが誤解されることだけは我慢《がまん》ならない。

だからどうか、唐突《とうとつ》な過去回想をご容赦《ようしゃ》願いたい。

もしも許してくれるなら――どうかしばしお付き合いくださいませ。

これはまた、十年前の話。

『俺《おれ》』ではなく『僕《ぼく》』の時代の物語だ。


十二月も半ばをすぎた頃《ころ》――

僕《ぼく》が小学校から帰宅すると、隣《となり》の家の駐車場《ちゅうしゃ》で綾子《あやこ》さんを見つけた。

向こうも僕《ぼく》に気づいて、優《やさ》しく微笑《ほほえ》んで手を振《ふ》ってくれる。

「お帰りなさい、タッくん」

「ただいま、綾子《あやこ》ママ」

つい、声が弾《はず》んでしまう。こんな風にばったり偶然《ぐうぜん》会えるなんて、今日はなんていい日なんだろう。

僕《ぼく》は――綾子《あやこ》ママが好きだった。

小学生の僕《ぼく》には上手《うま》く言えないけれど、なんというか……女性として好きだった。

初めて会ったときから一目《ひとめ》惚《ぼ》れみたいに好きになって――そして、一緒《いっしょ》にお風呂《ふろ》に入って彼《かの》女《じょ》の弱さや気高さを知ったとき、さらにその想《おも》いが深くなった。

より具体的に――彼女《かのじょ》と付き合いたい、結婚《けっこん》したいと思ってしまった。

もちろん、今は付き合えるなんて思っちゃいない。

僕《ぼく》みたいな子供が大人の女性にそんなことを言っても相手にされないだろうし、余計な迷惑《めいわく》をかけてしまう恐《おそ》れがある。

でも、いつかは――

「綾子《あやこ》ママは、美羽《みう》ちゃんのお迎《むか》え？」

「ううん、迎《むか》えに行く前に、ちょっと買い物に行こうと思ってて……」

そこで少し考えるような素振《そぶ》りを見せた後、

「ねえタッくん、今日って、これからなにか予定ある？」

と綾子《あやこ》ママは問うてきた。

「なにもないけど……」

「そう。だったら――私と一緒《いっしょ》にお買い物に行かない？」


断るわけもなく、僕《ぼく》は二つ返事で快諾《かいだく》した。

家にいたお母さんにちゃんと許可をもらった後、僕《ぼく》は綾子《あやこ》ママの車に乗せてもらう。

「今日はね、美羽《みう》のクリスマスプレゼントを買おうと思ってるの」

国道を走る車の中で、運転席の綾子《あやこ》ママが言う。

「そうか。そろそろクリスマスだもんね」

「まだ少し早いけれど、早めに買いに行かないと欲《ほ》しいオモチャがなくなっちゃうかもしれないからね。プレゼントを買ったら、サンタさんのフリを——あっ。と、ところでタッくん」

綾子《あやこ》ママは不安そうに問うてくる。

「タッくんって……サンタさんはいると思ってる？」

「え……い、いないんじゃないかな」

左沢《あてらざわ》家はどうもその辺を頑張《がんば》らない家だったらしく、僕《ぼく》は物心ついたときからサンタのことは信じていなかった。

クリスマスプレゼントは両親が普通《ふつう》に欲《ほ》しいものを買ってくれて、当日の朝に枕元《まくらもと》にプレゼントが置いてあったりした経験はない。

「そうなんだ……。よかったぁ。タッくんがサンタさんを信じてるなら、危《あや》うく夢を壊《こわ》しちゃうところだった」

安心したように息《は》を吐く綾子《あやこ》さん。

「僕《ぼく》は信じてないけど、美羽《みう》ちゃんは信じてるかもしれないね。まだ五歳だし」

「そうなの！　最近、保育園でもサンタさんの歌を練習してるみたいで、おうちでも歌ってくれるんだけど……もう、すっごくかわいいの！　サンタさんからのプレゼントも楽しみにしてるみたいだから、ここはママとして頑張《がんば》らなきゃなあ、と思って」

「さすが綾子《あやこ》ママだね」

「そんな褒《ほ》められることじゃないわよ。このぐらい普通《ふつう》、普通《ふつう》。……あっ。タッくん、今日のことは美羽《みう》には内緒《ないしょ》にしておいてね」

「うん、わかった」

「お願いね。二人だけの秘密よ」

車が赤信号で止まると、綾子《あやこ》ママはこっちに手を伸《の》ばしてきた。

小指だけを立てて。

「はい、指切りげんまん」

「…………」

うーむ。相変わらず綾子《あやこ》ママは、僕《ぼく》のことを幼稚園児《ようちえんじ》みたいに扱《あつか》ってくるなあ。僕《ぼく》もう、十歳《さい》なんだけどなあ。

複雑な思いに駆《か》られながらも、小指を立て指切りげんまんをする。綾子《あやこ》ママの手は少し冷たくて、でも柔《やわ》らかくて、なんだかドキドキしてしまった。

信号が青に変わり、再び車が走り出す。

「ねえ、綾子《あやこ》ママ。もう、買うオモチャは決まってるの？」

「もちろん！」

何気なく問うと、綾子《あやこ》ママは勢いよく頷《うなず》いた。

「今年のクリスマスは美羽《みう》のために――ラブカイザーの変身アイテムを買うつもりよ！」

その瞳《ひとみ》は、恐《おそ》ろしいぐらいに爛々《らんらん》と輝《かがや》いていた。


市内にある、この辺りでは最大のオモチャ量販店《りょうはんてん》。

「タッくんがついてきてくれて本当によかったわ。こういうところに一人で来るのって、なんだかまだ慣れなくて」

駐車場《ちゅうしゃじょう》で車から降りながら、綾子《あやこ》ママは苦笑《くしょう》気味に言った。

僕《ぼく》を誘《さそ》った理由はそれだったらしい。

今年から美羽《みう》ちゃんのママとなった綾子《あやこ》ママにとっては、オモチャ屋さんで家族連れに紛《まぎ》れて買い物をすることは、なかなかハードルが高かったらしい。

「あら……やっぱり結構混んでるわね」

「そういう時期だからね」

店内はクリスマスムード一色といった感じで、平日の夕方にもかかわらず、家族連れのお客さんが多く見られた。

混み合う店内を見つめながら、

「タッくん、はい」

綾子《あやこ》ママはこちらに手を伸《の》ばしてきた。

「え……」

「手、繋《つな》ぎましょう。はぐれるといけないから」

「……い、いいよ。大丈夫《だいじょうぶ》だよ」

「恥《は》ずかしがらないの。迷子になったら大変でしょ？　ほら」

照《て》れ臭《くさ》くて遠慮《えんりょ》してしまう僕《ぼく》だったけれど、綾子《あやこ》ママはそんな僕《ぼく》の意見を無視して、少々強《ごう》引《いん》に手を摑《つか》んできた。

わっ。

手……握《にぎ》っちゃった。

「さあ、行きましょうか」

「う、うん」

ドキドキしてしまう僕《ぼく》とは対照的に、綾子《あやこ》ママは平然としていた。

僕《ぼく》と手を繋《つな》ぐことなんてなんとも思っていないらしい。

虚《むな》しいような悔《くや》しいような、複雑な気分だった。

当たり前の話だけれど……今の僕《ぼく》は、綾子《あやこ》ママにとっては単なる近所の子供で、息子《むすこ》のような存在でしかないらしい。

「……ところでタッくん」

手を繋《つな》いだまま、女の子向けオモチャがある場所を目指して歩いていると、

「タッくんは……ラブカイザー、見てないの？」

不安と期待がこもった声で、綾子《あやこ》ママが聞いてきた。

「見ていないよ……僕《ぼく》、男だし」

見ていないのは本当だったし、それに男なのに女児向けアニメを見ていると思われるのがなんとなく恥《は》ずかしかったので、僕《ぼく》はそう言った。

しかし綾子《あやこ》ママは、

「そ、そうなんだ……」

露骨《ろこつ》にがっかりした顔となった。

あ、あれ？

僕《ぼく》、なにか間違《まちが》えたかな？

不安に駆《か》られて、僕《ぼく》は慌《あわ》ててフォローを入れる。

「え、えっと……でも、今すごく話題になってるらしいよね、ラブカイザー」

「そうなの！　ラブカイザーは今熱いのよ！」

途端《とたん》、綾子《あやこ》ママの瞳《ひとみ》が輝《かがや》き出す。

「今やってる『ラブカイザー・ジョーカー』はね、本当にすごい作品なのよ！　五十二人のラブカイザーが最後の一人になるまで戦うという斬新《ざんしん》かつ挑戦《ちょうせん》的な作風で、業界関係者の中でもすごく注目を集めてるの！　内容が内容なだけあって、クレームもすごいみたいだけど……でも、ただ徒《いたずら》に残酷《ざんこく》な物語をやってるわけじゃなくて、ちゃんと深い人間ドラマが――」

「………」

血気盛《さか》んにまくし立てられ、僕《ぼく》が圧倒《あっとう》されていると、綾子《あやこ》ママはハッと我に返ったような顔をした。

「えと……っていう評判らしいわよね。私がどうこうってことじゃなくて、世間一般《いっぱん》ではそんな評価っていう……」

「……綾子《あやこ》ママは、ラブカイザーが好きなの？」

「ええっ!?　な、なに言ってるのよタッくん！　私はもう、いい年の大人なのよ！　女児向けアニメにハマったりはしないわ！　ただ美羽《みう》に付き合って見てるだけ！　そう、あくまで美羽《みう》のためなの！　あーあ、本当に日曜日はゆっくり寝《ね》ていたいんだけどなあ。美羽《みう》に起こされちゃうからなあ。ママって大変だわぁ」

「……そ、そっか」

なんとなくこれ以上踏《ふ》み込《こ》んではいけない気がしたので、僕《ぼく》は空気を読んで頷《うなず》いた。

そのまま二人で歩き、女児向けオモチャエリアにたどり着く。

「わあっ、ラブカイザーのオモチャっていっぱいあるんだね」

色とりどりの変身オモチャが、棚《たな》を一つ埋《う》め尽《つ》くすほど大量に並んでいた。

「綾子《あやこ》ママ、なに買うかは決まってるの？」

「……悩《なや》みに悩《なや》んで、二つまで絞《しぼ》ったわ」

苦々しい顔つきで告げる綾子《あやこ》ママ。極限まで悩《なや》み尽《つ》くしたことが伝わってくるような、深い苦渋《くじゅう》が滲《にじ》む表情だった。

「一つは、『ラブカイザー・スピード』の変身アイテム、『変身機杖《きじょう》ウキウキバビューンロッド』。虎杖千絵《いたどりちえ》が変身する『スピード』はメインカイザーの一人で、美羽《みう》が一番好きなキャラクターなの。このオモチャが欲《ほ》しいって、ずっと言ってるわ」

「へ、へえ」

「もう一つは――『ラブカイザー・ソリティア』の変身アイテム、『変身機銃《きじゅう》ワクワクドッキンマグナム』。水鶏島灯弓《くいなじまひゆみ》が変身する『ソリティア』はいわゆるサブカイザーの一人で……とにかくすごく魅力《みりょく》的なキャラクターなの。この尊さは言葉じゃ表現できないから、一度見て！　としか言えない」

「ふ、ふうん」

どうしよう。

聞き慣れない専門用語っぽいものがポンポン出てきたぞ。

いわゆる、とか言われても……。

「ねえ、タッくんはどっちがいいと思う？」

「ええと……やっぱり、美羽《みう》ちゃんが好きな方がいいんじゃないかな？」

「……まあ、そうよね。そういう意見もあると思う。でもね、こういうオモチャって中長期的な視点で考えるべきだと思うのよね。確かに『スピード』は天然で元気いっぱいでかわいいし、美羽《みう》が好きになるのもわかるんだけど……番組終盤《しゅうばん》まで長く活躍《かつやく》するのは『ソリティア』になりそうな気がするのよね。ここは長い目で物事を考えた方がいいと思わない？」

「え……でも、美羽《みう》ちゃんのプレゼントなんだから、美羽《みう》ちゃんが欲《ほ》しいものをあげる方がいいんじゃや……」

「……そうね。その通りよ。タッくんはなにも間違《まちが》ってない。でもね、子供が『欲《ほ》しい』というものをただあげることが、果たして正しい母親なのかしら？　それが親の愛なのかしら？　本当に子供のことを思うならば、心を鬼《おに》にしてでも将来的に役立つものをプレゼントするべきじゃないかしら？」

「…………」

「美羽《みう》はね、まだ小さいからヒユミンのダークでスタイリッシュな魅力《みりょく》に気づいてないだけなのよ！　あっ、ヒユミンていうのは水鶏島灯弓《くいなじまひゆみ》のネット上での愛称《あいしょう》ね。ヒユミンは大きいお友達からの人気はすごいんだけど、子供人気はいまいちらしくてね……。あと最近……あんまり出てこないのよ。ネタバレになるから詳《くわ》しくは言えないけど……えげつないレベルのトラウマを植え付けられて戦線離脱《りだつ》しちゃって……。でもねっ、これは絶対覚醒《かくせい》フラグだと思うの！　もうしばらくしたら、きっと凄《すさ》まじい強化形態を手にして戦場に舞《ま》い戻《もど》ってくるはず。そしたら美羽《みう》だってきっとヒユミンにドハマリするはずなの！　だからここは、いずれ来るだろう強化フォームを見据《みす》えて、ヒユミンの変身アイテムを買っておく方が美羽《みう》のためになると思わない？　思うわよね？」

「……あ。うん」

僕《ぼく》は言った。

話は半分も頭に入ってこなかったけれど、同意を求められてしまえば『あ。うん』としか言いようがなかった。

「綾子《あやこ》ママがそう思うなら、そうしたらいいんじゃないのかな？」

「……ああっ、タッくん、愛想笑《あいそわら》いで適当に流さないで！　やめて……そんな、面倒臭《めんどうくさ》い生き物を見るような目で見ないで……『自分の中で結論が出てることを人に聞くなよ』って言わんばかりの顔をしないで……！」

そこまで具体的な顔はしていない。

まあ、さすがに若干《じゃっかん》、面倒臭《めんどうくさ》くはなっているけれど。

なるほどなあ。僕《ぼく》は今の今まで『愛想笑《あいそわら》い』というのは言葉では知ってても具体的にはどういうものか知らなかったけれど……今の僕《ぼく》みたいな心境で浮《う》かべる笑顔《えがお》を、大人達《たち》は『愛想笑《あいそわら》い』って呼ぶんだなあ。

「う、うう……わかってる、私だってわかってるわよ。全部タッくんの言う通り。これは美羽《みう》のクリスマスプレゼントなんだから……美羽《みう》が欲《ほ》しいものを選ぶのが一番よね……」

嗚咽《おえつ》混じりの声で自分に言い聞かせるように言いながら、綾子《あやこ》ママは震《ふる》える手で『ラブカイザー・スピード』の変身オモチャを手に取った。

でもレジへと向かう途中《とちゅう》、何度も何度も振《ふ》り返《かえ》って、『ラブカイザー・ソリティア』の変身オモチャを名残惜《なごりお》しそうに見つめていた。

レジで会計を済ませ、買ったオモチャをプレゼント用に包装してもらう。

買い物を終えて店を出る——直前。

「ね、ねえ、タッくん」

綾子《あやこ》ママが口を開いた。

「トイレは、行っておかなくて大丈夫《だいじょうぶ》?」

「うん、今は大丈夫《だいじょうぶ》だよ」

「そう? いや、でもね……念のため、行っておいた方がいいんじゃない?」

「え……でも」

「念のため、念のためよ。万が一ってことがあるからね。騙《だま》されたと思って一回行ってみたら、意外と出るかもしれないわよ」

「……じゃ、じゃあ行ってくるよ」

なぜか有無《うむ》を言わせぬ圧力でトイレを勧《すす》めてくる綾子《あやこ》ママ。

僕《ぼく》は一応頷《うなず》き、トイレへと向かうけれど——やはり気になって足が止まってしまう。

綾子《あやこ》ママ……いったいどうしたんだろう？　やたらと僕《ぼく》をトイレに行かせたがってたけど、一人でなにかするつもりなのかな？

コソコソと戻《もど》り、棚《たな》の陰《かげ》に隠《かく》れながら様子を窺《うかが》う——

「——っ」

目の前に広がる光景に、僕《ぼく》は絶句した。

綾子《あやこ》ママはレジに並んでいた。

その手に持っているのは——先ほど迷いに迷った挙げ句買わなかった方のオモチャ、『ラブカイザー・ソリティア』の変身機銃《きじゅう》だった。

僕《ぼく》は……なんというか、いろいろ察した。

綾子《あやこ》ママ、やっぱり自分が欲《ほ》しかったんだ。

美羽《みう》ちゃんにもう一つプレゼント……ってことはたぶんないだろう。あれはきっと自分で遊ぶ用のオモチャなんだと思う。

そうかあ。

大人になっても、アニメの変身オモチャが欲《ほ》しくなったりするんだなあ。

欲《ほ》しいなら素直《すなお》に買えばいいのに、と思うけれど、やっぱり僕《ぼく》の見てる前だと買いにくかったりするのだろうか。

大人って大変なんだなあ。

「ふんふ～ん……あっ。タッくん……」

「お待たせ」

買い物を済ませて上機嫌《じょうきげん》に歩いていた綾子《あやこ》ママの下に、僕《ぼく》はトイレから帰ってきた風を装《よそお》って近づいた。

「あっ。こ、これはね……」

新たに増えたオモチャへと一瞬《いっしゅん》視線をやってから、

「その、えっと……も、もらったのよ」

と綾子《あやこ》ママは言った。

すっごくぎこちない笑顔《えがお》で、そう言ったのだ。

「も、もらった？」

「そう！　もらったの！　なんかね、私達《わたしたち》、ちょうどこのお店の一万人目のお客様だったらしいのよ！　だから『お好きなオモチャを一つプレゼントします』って言われちゃってね……。

別に欲《ほ》しいものなんてなかったから、パッと思いついたのをもらっちゃったわ。本当になんでもよかったんだけどね！」

「…………」

う、嘘《うそ》をついている……！

本当は自分で買ったのに、かなり強引《ごういん》な嘘《うそ》で誤魔化《ごまか》している。子供を騙《だま》すにしても、もうちょっと上手《うま》い言い訳があるんじゃなかろうか？

いろいろとツッコミどころは満載《まんさい》だったけれど、

「そっか。すごいね、綾子《あやこ》ママ」

僕《ぼく》は相手の言葉を一切《いっさい》否定せず、素直《すなお》に信じたフリをした。

「う、うんっ……本当に運がよかったわっ」

綾子《あやこ》ママは、ホッと安心したように微笑《ほほえ》む。

うん。これでいい。これでいいのだ。

綾子《あやこ》ママが楽しそうならば、僕《ぼく》はそれでいい。

帰りの車内——

「綾子《あやこ》ママ、ラブカイザーのオモチャは、イブの夜に美羽《みう》ちゃんの枕元《まくらもと》に置いておくつもりなの？」

「そのつもりよ。あとね、もう一つサプライズを考えてるの」

「サプライズ？」

「枕元《まくらもと》にプレゼントを置く作戦って、失敗することも多いらしいのよ。置く瞬間《しゅんかん》に子供が起きちゃったりしてね。だから私は——二段構えで行こうと思うの」

「二段構え？」

「プレゼントを置くとき、私がサンタさんの格好をしておくのよ。そうすれば、万が一美羽《みう》が起きちゃったとしても、『あっ、サンタさんだ』って思ってくれて、夢を壊《こわ》さないで済むでしょ？」

「……なるほど。面白《おもしろ》いね、それ」

「ふふっ。そうでしょう？　実はもう、サンタの衣装《いしょう》は通販《つうはん》で買ってあるの。あっ、そうだ。帰ったら試《ため》しにちょっと着てみるから、サンタに見えるかどうか確認《かくにん》してくれる？」

そんなやり取りを経て——

車で歌枕《かつらぎ》宅に戻《もど》った後、俺《おれ》は家の中にお邪魔《じゃま》した。

リビングのソファに座《すわ》り、着替《きが》えが終わるのを待っていると、

「タ、タッくん～ん……」

なんとも情けない声と共に、リビングのドアが開いた。

顔を上げた僕《ぼく》は、愕然《がくぜん》とした。

そこにいたのは——サンタ帽をかぶったビキニ姿の綾子《あやこ》ママだった。

赤と白のサンタっぽいカラーリング。でも一番多いのは肌の面積だ。あまりに露《ろ》出《しゅつ》が多すぎる。大きな胸が、今にも赤い布から零《こぼ》れてしまいそう。

「う、うう……やっちゃったぁ……」

言葉を失ってしまう僕《ぼく》に、綾《あや》子《こ》ママは恥《は》ずかしそうに両手で顔を押《お》さえる。

「え？　な……えええ？」

なんで？

こんな真冬に、なんでビキニ？

ここはいつから南半球になったの？

「よく見ないで『サンタ　コスプレ　女性』で検索《けんさく》して買ったんだけど……中身がこれだったの……。どうしよう……？」

涙目《なみだめ》で呟《つぶや》きながら、自分の格好を確認《かくにん》する綾子《あやこ》ママ。

体をひねるとそのたびに胸やお尻《しり》が強調され、僕《ぼく》は息を呑《の》む。あんまり見ちゃダメだとわかっているのに、どうしても視線が引きずり込まれてしまう。

うわあ。

ー!?

すごい。すごすぎる。

綾子《あやこ》ママって……やっぱりスタイルいいんだなあ。

なによりもまず、おっぱいがすごく大きい。

とにかく大きい。

それなのにウエストはすごく細くて、全然太ってない。

前にお風呂《ふろ》で裸《はだか》を見ちゃったことはあるけれど……真っ赤なビキニに包まれたグラマーな肉体は、ある意味裸《はだか》よりもエッチなような気がする。

「一応、着てみたけど……やっぱりこれじゃダメよね。いくら家の中でもさすがに寒いし……それに、ちょっとエッチだし」

「に、似合ってるよ、綾子《あやこ》ママ」

「……あはは。ありがと、タッくん」

力なく笑う綾子《あやこ》ママだった。

「はあ……とりあえずこのビキニは封印《ふういん》するとして、もう一回ちゃんとしたの買わなきゃなあ。通販《つうはん》だとまた失敗しちゃうかもしれないし、お店とか回って探してみようかしら……」

「そ、そこまで頑張《がんば》らなくてもいいんじゃないかな？　美羽《みう》ちゃんが夜中に起きるかどうかもわからないんだし」

「ん～……やだ。やる」

少し悩《なや》むような仕草を見せたが、しかしすぐに強く頷《うなず》く。

意地っ張りな子供みたいな口調だった。

「この手のイベントごとは、全力で楽しむって決めたの」

綾子《あやこ》ママは言う。

瞳《ひとみ》に強い意志と、そして少しの儚《はかな》さを宿して。

「美羽《みう》に寂《さび》しい思いは絶対させたくないし……それに、姉さんやお義兄《にい》さんがやりたくてもできなかったこと、全部やってあげたいからね。だから、やりすぎるぐらいでちょうどいいの」

「綾子《あやこ》ママ……」

ああ——

やっぱりすごいな、綾子《あやこ》ママは。

たまにおっちょこちょいなところもあるけれど、本当の彼女《かのじょ》は誰《だれ》よりも優《やさ》しく、誰《だれ》よりも深い愛情を美羽《みう》ちゃんに注いでいる。

「……うん、そうだね。やりすぎるぐらいの方が楽しいよね」

自然と僕《ぼく》は笑っていた。大好きな人の大好きな部分を再確認《かくにん》できたような気がして、心が温かいもので満ちていく。

「僕《ぼく》もいくらでも協力するから、なんでも言ってね」

「ありがとう、タッくん。じゃあ……最初のお願いなんだけど」

そこで綾子《あやこ》ママは、人差し指を口元に立てた。

「今日のこの格好のことは……誰《だれ》にも言わないでね」

冗談《じょうだん》めいた口調と仕草だったけれど、目だけは本気だったので、

「う、うん、わかった」

と僕《ぼく》は強く頷《うなず》くのだった。


——回想終了《しゅうりょう》。

『俺《おれ》』が『僕《ぼく》』だった頃《ころ》の物語は、これにて一段落。

ちなみに補足をすると——綾子《あやこ》さんはこの後、ごくごく普通《ふつう》のサンタさんの衣装《いしょう》を買い、夜中にプレゼントを置くことに成功した。美羽《みう》は欲《ほ》しかったオモチャをとても喜んでくれて……まあ、そのオモチャで変身する『ラブカイザー・スピード』がクリスマスの翌週の回でいきなり死ぬというちょっとした悲劇はあったけれど——その年のクリスマスは全体的に大成功を収めた。

ただこの話には、後日譚《たん》のようなオチがある。

初回の成功で味を占《し》めた綾子《あやこ》さんは、その後毎年コスプレをやり続けるのだが——ある年を境に、それはピタリと止まる。

美羽《みう》が中学二年生のときのクリスマス、だっただろうか。

その年は俺《おれ》も夕飯にお呼ばれして、三人で楽しくクリスマスディナーを楽しんでいたのだが、

「そういえばさ」

クリスマスケーキを食べ終わった後ぐらいに、ふと美羽《みう》が口を開いた。

本当にどうということもなさそうな口調で、あっさりと言う。

「ママがサンタのコスプレして私の枕元《まくらもと》にプレゼント置くやつ、今年からやめにしない？」

「……え？」

綾子《あやこ》さんは愕然《がくぜん》とした表情で硬直《こうちょく》する。

当然の如《ごと》く今年も実行する予定だったようで、俺《おれ》も事前に様々なプランを聞かされていたのだが——そんな矢先に、釘《くぎ》を刺《さ》すような美羽《みう》の一言だった。

「……な、なに言ってるのよ、美羽《みう》。サンタのコスプレって……な、なんのことかなー？　美《み》羽《う》のプレゼントはね、美羽《みう》がいい子にしてたから、サンタさんが——」

「あー、もういいから。そういうのいいから」

動揺《どうよう》しつつも必死に笑《え》みを浮《う》かべて言い訳する綾子《あやこ》さんに、美羽《みう》はひらひらと手を振《ふ》った。

「気持ちは嬉《うれ》しいんだけど、私ももう中学生だからさ。いい加減、気づかないフリするのもしんどくなってきちゃって」

「き、気づかないフリっ⁉　え……じゃ、じゃあ美羽《みう》……あなた、まさか気づいて」

「当然気づいてたよ。五年ぐらい前から」

「ごっ……!?」

「ママが頑張《がんば》ってるから付き合ってあげないと悪いなあと思って、去年までは騙《だま》されたフリしてたけどさ……ママってば一向にやめる気配がないんだもん。さすがに中学生になってまで続けるとは思ってなかったし」

「…………」

「なんかもう、こっちが恥ずかしくなってくるんだよね。母親が毎年サンタのコスプレしてるってさ。二十代前半ならギリ許されたと思うけど、ママ、もうアラサーなんだし」

「…………」

「だからさ、今年からなしね、なし。お互《たが》いにその方が気楽だと思うし。うん、そうしよう。あー、やっと言えた。五年前から言いたかったこと、やっと言えた」

美羽《みう》は言葉通り、心底すっきりしたような顔をして――対する綾子《あやこ》さんは……筆舌《ひつぜつ》に尽《つ》くしがたい絶望と羞恥《しゅうち》の表情で、プルプルと震《ふる》えていた。

その後、拗《す》ねた彼女《かのじょ》が自室に引きこもってしまい、なにかと大変なクリスマスとなってしまったが、まあ、今となってはいい思い出だ。

以上で――サンタビキニの補足は終わりである。

……なんだろう。綾子《あやこ》さんの美談を語るつもりが、おっちょこちょいエピソードの方が多くなってしまったような気もするが——ともあれ。

本筋と無関係な回想は、これにて終了《しゅうりょう》。

ご静聴《せいちょう》ありがとうございました。

では引き続き、本編をお楽しみください。

第四章
孤狼と急襲

青天《せいてん》の霹靂《へきれき》、としか言いようがない。

平日の真っ昼間に、アポなしで、なんの前触《まえぶ》れもなくやってきた。

「やあ、久しぶりだね、歌枕《かつらぎ》くん」

「狼森《おいのもり》さん……」

玄関《げんかん》を開けた私は、思わずその場で立《た》ち尽《つ》くしてしまう。

ハイブランドのパンツスーツがよく似合う、スレンダーなモデル体型。

かっちりとしたフォーマルな衣装《いしょう》とは対照的な、クセの強い無造作ヘア。しかしその野性的な雰囲気《ふんいき》はスーツ姿に不思議とマッチしていて、アンバランスな魅力《みりょく》を生み出していた。

もう四十を超《こ》えているはずなのに、その顔つきは若々しく、肌《はだ》にも張りがある。

そしてなにより——目。

狼《おおかみ》を思わせる獰猛《どうもう》な眼光は、出会った頃《ころ》から全く変わらない。

狼森夢美《おいのもりゆめみ》。

私が勤める企業《きぎょう》『株式会社ライトシップ』——その代表取締役《だいひょうとりしまりやく》だった。

「空色《そら》先生と今日の夜に会う予定があってね。ならばついでと思って、歌枕《かつらぎ》くんに会いに来たのさ」

　リビングのソファにどっかりと腰掛《こしか》けた狼森《おいのもり》さんは、そんな風に訪問理由を語った。

　空色先生というのは、この近くに住んでいるベテラン女性イラストレーターの方だ。うちと何度か一緒《いっしょ》に仕事をしたことがあり、私も親しくさせてもらっている。

「来るのは構わないですが……せめて前日、いえ当日でもいいから連絡《れんらく》をして欲《ほ》しかったですね」

　ドルチェグストで淹《い》れたコーヒーを出しながら、私は言った。

「なかなかいないですよ。平日の真っ昼間にアポなしで来る人」

「すまないね。どうしても歌枕《かつらぎ》くんの驚《おどろ》いた顔が見たかったからさ」

　謝《あやま》っているようで、実質なにも謝《あやま》っていない狼森《おいのもり》さんだった。

　はあ。ほんと変わらないなあ、この人。

　とにかくウルトラマイペース。

　彼女《かのじょ》の思いつきに、私は何度振《ふ》り回《まわ》されてきただろうか。

「でも本当に久しぶりだね、歌枕《かつらぎ》くん」

　カップを手に取りつつ、感慨深《かんがいぶか》そうに狼森《おいのもり》さんは言う。

「大体半年ぶりくらいかな？」

「……そうですね。毎日のように電話してますから、あんまり久しぶりって感じはしないですけど」

「ははは。確かに」

『株式会社ライトシップ』

かつては大手出版社のカリスマ編集者だった狼森夢美《おいのもりゆめみ》が、独立して立ち上げた会社。業務内容は多岐《たき》に渡《わた》り、人には大変説明しづらいのだけれど……ゲームやアニメ、ライトノベルなど、様々なエンターテインメント事業に関わっている。

私は十年前に入社し、今もどうにかこうにか社員として働いている。

仕事の大半は在宅ワーク。

たまにあちこち出かけなければならないことはあるけれど、基本的にはうちでパソコンを使って作業し、やり取りのほとんどを電話やメールで済ましている。

だから顔を合わせるのは、結構久しぶり。

はあ……。相変わらず羨《うらや》ましいぐらいに老《ふ》けないなあ、この人。誰《だれ》も四十代とは思わないだろう。頑張《がんば》れば二十代でも通用しそう。

「しばらく見ないうちに……歌枕《かつらぎ》くんは少し丸くなったようだね」

物思いに耽《ふけ》るような口調で、狼森《おいのもり》さんは言った。

「え……丸く、ですか？」

「ああ。なんていうかこう、全体的に肉がついて丸っこくなった気がする」

「体型の話っ⁉」

　精神的な意味じゃなくて⁉

　比喩《ひゆ》表現じゃなくて、そのまんま丸くなったって意味⁉

「……狼森《おいのもり》さん、女上司だろうと個人のデリケートな部分について言及《げんきゅう》するのは立派なセクハラであり、モラハラですからね。そろそろ出るところに出たっていいんですよ……？」

「じょ、冗談《じょうだん》だよ。まったく……相変わらず手厳しいね」

　一瞬《いっしゅん》怯《ひる》んだ顔を見せた後、

「体型じゃなくて雰囲気《ふんいき》の話さ。まあ元からトゲトゲしたタイプでもなかったけれど……ちょっとした仕草や気配が前より一層淑《しと》やかになって、女としての魅力《みりょく》が増した気がする」

　と、狼森《おいのもり》さんは言った。

　見透《みす》かしたような目で私を見つめながら。

「やはり女は、恋《こい》をすると美しくなるようだね」

「なっ……べ、別に私は、恋《こい》をしてるわけじゃ……」

「ふふ。照れるな照れるな」

「照れてませんっ。だいたい……雰囲気《ふんいき》が変わったとかそういうのは、アレですよ。確証バイアスですよ！　私が恋《こい》してるって結論ありきで見てるから、そう見えるだけで……」

「ははは。そうかもしれないね」

必死に反論するも、適当に流されてしまった。

「さて歌枕《かつらぎ》くん。きみが恋《こい》をしているかどうかは不明として、でも——きみに恋《こい》をしている人間は、一人確かにいるだろう？」

「…………」

「噂《うわさ》の左沢巧《あてらざわたくみ》くんは、今どこでなにをしてるんだい？」

「……か、彼《かれ》なら今は家にいると思います。今日は大学に行かないって……朝、美羽《みう》に連絡が来ましたから。取ってる講義が休講になったから家で課題をするって」

「ほう、そいつは好都合だ」

にやりと笑う狼森《おいのもり》さん。

「では歌枕《かつらぎ》くん、せっかくだし寿司《すし》でも取るとしようか」

もちろん——三人前で。

と付け足して、獰猛《どうもう》に笑った。

♠

青天《せいてん》の霹靂《へきれき》、としか言いようがない。

『タッくん、もうお昼食べた？』

『まだですけど……』

『じゃあ、うちで一緒《いっしょ》にお寿司《すし》食べない？』

『いいんですか？　すごく嬉《うれ》しいんですけど、急にどうして？』

『いろいろあって……。若干《じゃっかん》一名変な人がいるんだけど、それでもよければ』

そんな唐突《とうとつ》かつ謎《なぞ》めいた誘《さそ》いを受けた俺《おれ》が、お隣《となり》の歌枕《かつらぎ》家へと向かうと——そこで待ち受けていたのは、居心地《いごこち》が悪そうな顔をした綾子《あやこ》さんと、やたら高そうなお寿司《すし》が三人前。

そして、

「やあ。初めまして、左沢巧《あてらざわたくみ》くん」

野性的な雰囲気《ふんいき》を纏《まと》う、スーツ姿の美女だった。

「さあさあ、ボーッと立っていないで早く座《すわ》りたまえ」

「……は、はい」

まるでここが自分の家であるかのように、鷹揚《おうよう》な態度で着座を促《うなが》された。あまりに自然に命じられたので、反射的に従ってしまう。

「では、我々三人の出会いと、健康と活躍《かつやく》を祈《いの》って——乾杯《かんぱい》」

向かいのソファに座《すわ》った女性がマイペースに乾杯《かんぱい》の挨拶《あいさつ》をし、綾子《あやこ》さんもそれに合わせる。

俺《おれ》も慌《あわ》ててテーブルにあったコップを掲《かか》げた。

「時に左沢《あてらざわ》くん、寿司《すし》は好きかい？　苦手な食材は？」

「え……ま、まあ普通《ふつう》に好きです。苦手な食材も、特には……」

「そうか、それはよかった。私はサーモンといくら以外の寿司《すし》は嫌《きら》いだから、お近づきの印に他のものを全てきみに進呈《しんてい》しよう」

「え、あ……」

「なに、遠慮《えんりょ》することはない。若いんだからたくさん食べたまえ」

言うや否《いな》や、手早くサーモンといくら以外の寿司《すし》を俺《おれ》の方へと取り分けてくる。

せっかく高そうな寿司《すし》なのに。

鮭《さけ》の親子以外は嫌《きら》いって、子供みたいな味覚だな——ってそんなことはどうでもよくて。

いや、ちょっと待て。

誰《だれ》だこの人？

大物オーラ出しながら馴《な》れ馴《な》れしくしてくるけど、いったい誰《だれ》なんだ？

「ご、ごめんね、タッくん……急に呼び出しちゃって」

戸惑《とまど》う俺《おれ》に、隣《となり》に座《すわ》る綾子《あやこ》さんが申し訳なさそうに言った。

「私は嫌《いや》だって言ったんだけど、どうしても断れなくて……」

「いえ、それは全然いいんですけど……こちらの方は？」

「えっと、この人は——」

「おお、そういえば自己紹介《しょうかい》がまだだったね。私はこういうものだ」

り出した。

綾子《あやこ》さんの答えを遮《さえぎ》るように言うと、女性は一旦箸《いったんはし》を置き、スーツのポケットから名刺《めいし》を取
座《すわ》ったまま適当に渡《わた》されたけど、俺《おれ》は一応、立ち上がって両手で受け取る。

えっと、名刺《めいし》の受け取り方ってこれでいいんだよな？

「姓は狼森《おいのもり》、名は夢美《ゆめみ》。面白《おもしろ》おかしく毎日を生きたいだけの……まあ、遊び人みたいな女さ」

適当な口上を述べて、また食事を再開する女性——狼森《おいのもり》さん。

不思議な迫力《はくりょく》に圧倒《あっとう》されながら名刺《めいし》に視線を下ろし、そして愕然《がくぜん》とする。

「『株式会社ライトシップ』、代表取締役社長《だいひょうとりしまりやくしゃちょう》……え？　社長⁉」

反射的に顔を上げて狼森《おいのもり》さんを見つめ、それから綾子《あやこ》さんを見た。

「『ライトシップ』って、綾子《あやこ》さんが勤めてる会社じゃ……」

「……そうね」

「じゃあ、この人が……綾子《あやこ》さんの会社の社長……」

「……そ、そうなるわね。不本意ながら」

複雑そうな表情の綾子《あやこ》さんだった。

俺《おれ》は改めて、まじまじと狼森《おいのもり》さんを見つめる。知らなかった。綾子《あやこ》さんの勤める会社の社長が、こんな豪放磊落《ごうほうらいらく》な感じの美女だったなんて。

「肩書《かたが》きに意味などない。会社を立ち上げた人間だから、仕方なく流れで社長業をやってるだ

けだよ。この立場に執着《しゅうじゃく》なんてない。なんなら、今すぐにでも後進に道を譲《ゆず》りたいぐらいだ。どうだい歌枕《かつらぎ》くん？　私の代わりに社長やるかい？」

「冗談《じょうだん》でもやめてください。うちの会社は、狼森《おいのもり》さんの人脈と名声で回ってるようなもんなんですから」

どこまで本気かわからないような台詞《せりふ》を、呆《あき》れたような様子であしらう綾子《あやこ》さんだった。二人の会話の空気感から、なんとなく付き合いの長さみたいなものが伝わってくる。

「さて。自己紹介《しょうかい》も済んだところで――左沢《あてらざわ》くん」

サーモンといくらだけとっとと食べ終えた後、狼森《おいのもり》さんはお茶を啜《すす》りながら問うてきた。

「きみ、歌枕《かつらぎ》くんに惚《ほ》れてるんだって？」

「ぶっ」

咀嚼《そしゃく》中だった寿司《すし》を吹《ふ》き出《だ》しかける。一歩間違《まちが》えば、変なところに入って盛大《せいだい》に噎《む》せていたことだろう。

「な、なんで……」

「ふふ。隠《かく》すことはないよ。おおよその話は歌枕《かつらぎ》くんから聞いているから」

「ちょっと狼森《おいのもり》さん……！　ああ……ご、ごめんね、タッくん……えっと、その、狼森《おいのもり》さんにはプライベートな話を聞いてもらったりしてて、だから……」

慌《あわ》てふためいた様子で言う綾子《あやこ》さん。

どうやら狼森《おいのもり》さんには、すでにいろいろバレてしまっているらしい。

「で、どうなんだい？」

「……まあ、ほ、惚《ほ》れてます」

「タ、タッくん……もぉ」

身を乗り出して嗜虐《しぎゃく》的な笑《え》みで問いかけてくる狼森《おいのもり》さんに、俺《おれ》は頷《うなず》くしかなかった。死ぬほど恥《は》ずかしかったけれど。隣《となり》の綾子《あやこ》さんまで、めちゃめちゃ恥《は》ずかしそうにしてるけど。

「ふふ。そうかい。それはなによりだ」

俺達《おれたち》二人が赤面する一方で、一人楽しげな狼森《おいのもり》さん。

「しかしねえ……きみはまだ若いだろう？　二十歳《はたち》だったかな？　そんな年で、歌枕《かつらぎ》くんみたいな女性が好きだなんて……」

好奇《こうき》心に満ち満ちた目で俺《おれ》を見つめてくる。

「きみは熟女趣味《しゅみ》なのかな？」

「ぶふっ……げほげほっ、げほっ」

今度こそ思い切り噎《む》せた。寿司《すし》が完全に変なところに入った。返答不能になった俺《おれ》の代わりに、綾子《あやこ》さんが声を荒《あら》らげる。

「ちょっ……な、なにを言ってるんですか狼森《おいのもり》さん！」

「二十歳《はたち》の青年が、十以上年上の三十代女性に惚《ほ》れてるというんだよ？　だとしたら考えられる可能性は一つ。青年は熟女趣味《しゅみ》だったのさ」

「……それ、要するに私のことを熟女と言ってますよね？」

「立派に熟女だろ、きみは」

「じゅ、熟女じゃないです！　まだセーフですっ！」

必死に訴《うった》える綾子《あやこ》さんだったが、狼森《おいのもり》さんはまるでペースを崩《くず》さない。

「なーに。熟女趣味《しゅみ》を恥《は》じることはないよ、左沢《あてらざわ》くん。今や『熟女』は男性向けアダルト界隈《かいわい》では人気ジャンルだからね。特殊性癖《とくしゅせいへき》でもなんでもない」

「……えっと。俺《おれ》は別に、熟女趣味《しゅみ》ってわけじゃないです」

呼吸を整えつつ、俺《おれ》は言う。

「ああ、いや……もしかすると、熟女趣味《しゅみ》じゃないってこともないのかな？　すみません、自分でもちょっとよくわかんないです」

「ふむ？　わからない？　自分の好みの話だろ？」

「そうなんですけど……俺《おれ》、綾子《あやこ》さん以外の女性を好きになったことがないんで。女性の趣味《しゅみ》とか考えたことがないっていうか——綾子《あやこ》さんのことしか考えてないっていうか」

「………」

「友達とそういう話になっても、頭に浮《う》かぶのは綾子《あやこ》さんだけで……。綾子《あやこ》さんだけが、俺《おれ》の唯一《ゆいいつ》の女性の好みって感じが——え？　あれ？」

ふと気づくと、なんだか凄《すさ》まじい空気になっていた。

綾子《あやこ》さんは顔を真っ赤にして俯《うつむ》いてしまい、尋《たず》ねた側である狼森《おいのもり》さんもまた、バツの悪そうな顔となっていた。

「これは……アレだね。歌枕《かつらぎ》くん、きみも大変な男に惚《ほ》れられたものだね」

「……ほ、ほっといてください」

「ふふっ。まいったまいった。からかったつもりが逆に一本取られたような気分だよ。この私を絶句させるとは……大した男だね、左沢《あてらざわ》くん」

なんだかよくわからないが、俺《おれ》の評価が上がったようだった。

「やれやれ、残念だな。単に年上趣味《しゅみ》というだけならば、私が彼女《かのじょ》に立候補しようと思っていたのだがね。歌枕《かつらぎ》くんにはない、本当の大人の女の魅力《みりょく》というものを、お姉さんが手取り足取り教えてあげようかと企《たくら》んでいたのに」

「……狼森《おいのもり》さん、お姉さんという年じゃないでしょ」

「お姉さんとは年ではなく心のありようなのさ」

「人のこと熟女呼ばわりしときながら自分はお姉さんを自称《じしょう》するのはズルいですよ。私よりよっぽど熟女な四十二歳《さい》のくせに」

「よ、四十二歳《さい》っ⁉」

つい驚《おどろ》きの声を発して、まじまじと狼森《おいのもり》さんの顔を見つめてしまう。

嘘《うそ》だろ。

普通《ふつう》に三十代……いや、もしかしたら二十代後半かと思っていた。

「全然、四十代には見えないですね。もっと若いと思ってました」

「ありがとう。お世辞でも嬉《うれ》しいよ」

「いえ、お世辞じゃなくて、本当に……。だって最初見たとき、綾子《あやこ》さんより年下かと思いましたから」

驚《おどろ》きのままに語ってしまうが――言った直後に気づいた。

まずい。

今のはまずい！

なんか今、すごい失言をしてしまった気がする……！

「……へぇ」

案の定、というべきか。

さっきは気まずくなった空気が、今度は瞬《また》く間《ま》に凍《こお》りついた。

隣《となり》の綾子《あやこ》さんが一瞬《いっしゅん》にして重苦しい影《かげ》を背負ってしまう。瞳《ひとみ》には若干《じゃっかん》の怒《いか》りも滲《にじ》むが、それ以上の絶望が彼女《かのじょ》を覆《おお》い尽《つ》くしていく。

「……ふぅん、そっか。私って、四十二歳《さい》の人より老《ふ》けて見えるんだ……。タックんって、私のことそういう風に思ってたんだ……」

「いやっ、違《ちが》いますって！　綾子《あやこ》さんも十分若いですよ！　ただ俺《おれ》は……綾子《あやこ》さんの年は知ってるんで……だから、その実年齢《ねんれい》と狼森《おいのもり》さんの見た目年齢《ねんれい》を比較《ひかく》してしまっただけで……」

「……くくくっ。あははは！　なんだか悪いねえ、歌枕《かつらぎ》くん」

懸命《けんめい》にフォローする俺《おれ》とは対照的に、狼森《おいのもり》さんは大口を開けて笑った。

心底楽しげに、死ぬほど嫌《いや》みっぽい口調で続ける。

「いやはや、羨《うらや》ましい限りだよ。私は若く見られることが多いせいか、貫禄《かんろく》ってものがさっぱりなくてね。年相応に老いて見えるきみが心底羨《うらや》ましいなあ。ちょっと貫禄《かんろく》の出し方、教えてくれないかい？」

「──っ！　……お、狼森《おいのもり》さんに貫禄《かんろく》がないのは、非常識な言動や年齢《ねんれい》不相応な振《ふ》る舞《ま》いが問題だと思いますけどね」

「スタイルも私の方がいいようだからねえ。怠《なま》けているきみと違《ちが》って、週三《しゅうさん》でジムに通って肉体を鍛《きた》え上《あ》げているし」

「……シ、シングルマザーは家事炊事《すいじ》で忙《いそが》しいんですぅ！　バツ三で悠々自適《ゆうゆうじてき》に生きてる人とは違《ちが》うんですぅ！」

「そもそもだ。きみに惚《ほ》れている男が『私の方が若く見える』と言ったんだよ？　相当な補正が入った上でこの結果なのだから、つまり世間一般《いっぱん》で言えば私の方が圧倒的《あっとうてき》に若い、ということだ」

「……わ、わからないじゃないですか！　タッくんが実は超熟女趣味《ちょうじゅくじょしゅみ》で、脳内で勝手に私を老《ふ》けて認識《にんしき》してる可能性もあります！」

俺《おれ》の失言のせいで、女同士の譲《ゆず》れないバトルが始まってしまった。

そして俺《おれ》は超《ちょう》熟女趣味《しゅみ》の疑惑《ぎわく》を受けてしまっていた。

「ほう。譲《ゆず》る気はないようだね」

「当然ですっ」

「よろしい。ならば——バトルと行こうか」

嚙《か》みつくように言った綾子《あやこ》さんに、狼森《おいのもり》さんはにやりと笑って告げる。

「私ときみ、どっちが若く見えるか、真っ向勝負でケリをつけよう」

「勝負……？　いったい、どうやって？」

「ふむ。じゃあ、こういうのはどうだい？」

最高に意地の悪い笑《え》みを浮《う》かべて、狼森《おいのもり》さんは言う。

「名づけて——『若くないとキツい格好して似合ってる方が勝ち』対決」

勝負のルールは非常に簡単だった。

ネーミングの通り——いい年こいて着るにはちょっと恥《は》ずかしい格好をして、似合ってる方が勝ち。まだキツくない方が勝ち。

判決は、審判《しんぱん》の判断に委ねられる。

言うまでもなく——審判《しんぱん》は俺《おれ》だった。

……巻《ま》き込《こ》まれた。

関わってはいけないバトルに巻《ま》き込《こ》まれてしまった。

や、やりたくねえ。

いくら俺《おれ》の不用意な一言が原因とは言え、この勝負の審判《しんぱん》はしんどいって。

「あ、綾子《あやこ》さん……」

「大丈夫《だいじょうぶ》よ。タッくん」

対決前に声をかけると、綾子《あやこ》さんは緊張《きんちょう》に震《ふる》える声で、しかし覚悟《かくご》を決めた声で言った。

「私、絶対に負けないから」

「…………」

いや、あの。こんな誰《だれ》も幸せにならない勝負はやめませんか、ってお願いしたかっただけなんですけど。冷静さと良識を取《と》り戻《もど》して欲《ほ》しかっただけなんですけど。

どうやらもう、女同士のバトルは止められないらしい。

「……はあ。なんでこんなことに」

リビングに一人残された俺《おれ》は、深く息を吐《は》く。

二人はそれぞれ、『若くないとキツい格好』に着替《きが》え中。

綾子《あやこ》さんは家の中から探し出し、狼森《おいのもり》さんは偶然《ぐうぜん》キャリーケースに入っていたこの勝負におあつらえ向きの衣装《いしょう》に着替《きが》える予定らしい。

果たして二人は、どんな格好になるつもりなのか。

「――タッくん、入るわよ」

先に着替《きが》えを終えて来たのは、綾子《あやこ》さんの方だった。

リビングのドアが勢いよく開かれる。

そこに立つ彼女《かのじょ》の姿を見て――俺《おれ》は絶句した。

女子高生、だった。

いや……女子高生ではない。

女子高生と呼ぶには、少々アダルトな雰囲気《ふんいき》を纏《まと》いすぎている。

ブレザーにシャツ、プリーツスカート――十代女子にしか許されぬ聖域にして、青春の象徴《しょうちょう》。

綾子《あやこ》さんはそんな衣装《いしょう》に身を包み……耳まで真っ赤にして恥《は》じらっていた。

そのくせ勝負のためなのか若干《じゃっかん》ポーズを決めていて……それがまたなんとも言えない痛々しさを生んでいた。

「ど、ど、どうかしら？　私、女子高生……イケそう？」

「……………」

「……ねえ、タッくん……お願い、無言だけはやめて。ノーリアクションだけはやめて。そういう引いたような反応されちゃうと……今すぐ道路に飛び出したくなってくるの……」

「え、えっと」

アラサー女性のＪＫ姿に俺《おれ》が圧倒《あっとう》されて言葉を失っていると、綾子《あやこ》さんは今にも泣き出しそうな顔で訴《うった》えてきた。

道路に飛び出されては困るので、慌《あわ》てて感想を捻《ひね》り出《だ》す。

「その、な、なんつーか……キ、キツ――」

「キツい⁉　うう、うああ……そ、そうよね、わかってたわよ。どう考えてもキツいわよ、こんなの……。三十路《みそじ》越えた女がＪＫの格好してるんだものね……。もう、ほんと、生まれてごめんなさい……」

「いや違《ちが》います！　キツい違《ちが》いです！　サイズが『キツそう』って言いたかっただけです！」

綾子《あやこ》さんがうっかり絶望に押《お》し潰《つぶ》されて再起不能に陥《おちい》りそうだったので、早とちりを大慌《おおあわ》てで訂正《ていせい》した。

「それ……美羽《みう》のですよね？」

確認《かくにん》すると、こくりと頷《うなず》く。

やはり制服は美羽《みう》のものだったらしい。シャツとスカートはたぶん予備のもの。ブレザーは今の時期着ないから、美羽《みう》が学校にいるこの時間でもちょうど家にあったのだろう。

「サイズ……大丈夫《だいじょうぶ》なんですか？」

「だ、大丈夫《だいじょうぶ》よ……、めちゃめちゃお腹凹《なかへこ》ませてるから」

「それ、大丈夫《だいじょうぶ》って言わないんじゃ……」

「だってしょうがないでしょ！　パッツンパッツンなんだもん！　だいたい、美羽《みう》が細すぎるから悪いのよ！　なんであの娘《こ》あんなに細いの!?」

逆ギレする綾子《あやこ》さんだった。

本人的にはウエストが気になってるようだけれど、俺《おれ》が気になってしまったのはもっと上……お胸の方だった。

二つの膨《ふく》らみがこれでもかというほどにシャツを押《お》し上《あ》げ、今にもボタンがはじけ飛びそうになっている。

す、すごい……。

パッツンパッツンで、ムッチムチだぁ……。

「ね、ねえ、タッくん……実際、どうなの？　正直な感想を言って……。これ、似合ってる？　女子高生に見える？」

必死の形相で問われるも、その質問は大変答えづらかった。

「えっと、なんと言いますか……ある意味で似合ってます」

「あ、ある意味で？」

「いや、だから……女子高生というにはやはりちょっと無理があって、コスプレ感はすごいんですけど……でも、コスプレとしてはよく似合ってるというか」

「……それ、褒《ほ》めてる？」

「褒《ほ》めてます、一応……」

嘘《うそ》ではない。綾子《あやこ》さんの制服姿……なんだかこう、見ていると落ち着かない気分にさせられる。背徳感や禁忌《きんき》感がすごくて目眩《めまい》がしそう。

様々な意味でキツいんだけど……そのキツさがクセになるというか。

「とても魅力《みりょく》的だと思います」

「……うう。あんまり嬉《うれ》しくない」

とは言いつつも、ちょっと嬉《うれ》しそうだった。

まんざらでもないらしい。

なんていうか……そのまんざらでもない感じの綾子《あやこ》さんがかわいいなあ。いい年してなにやってんだこの人、って感じが……愛おしいなあ。

俺《おれ》が綾子《あやこ》さんの魅力《みりょく》（？）を再確認《かくにん》していた──そのとき。

「おおっ、ＪＫだ」

狼森《おいのもり》さんの声が響《ひび》いた。

着替《きが》えを終えて、リビングにやってきたらしい。

「ふははっ、なるほど、美羽《みう》ちゃんの制服か。女子高生のコスプレをしてくるとは……恐《おそ》れ入《い》ったよ、歌枕《かつらぎ》くん。こんなふざけた勝負に真剣《しんけん》になってくれたようで、なによりだ。きみのその素直《すなお》さや愚直《ぐちょく》さが、私は十年前からずっと大好きさ」

俺《おれ》と綾子《あやこ》さんはリビングのドアへと視線を向け——そして、愕然《がくぜん》とした。

狼森《おいのもり》さんの格好を前に、どうしたって呆気《あっけ》に取《と》られてしまう。

「なっ……ど、どうして……」

綾子《あやこ》さんは震《ふる》える声で言う。

「どうして——着替《きが》えてないんですか⁉」

言葉の通り、狼森《おいのもり》さんは——さっきと同じスーツ姿だった。

リビングを出て行ったときから、なにも変わっていない。

「たまたま持ち合わせていた、今回の勝負にうってつけの『若くないとキツい格好』に着替《きが》えてくるはずじゃ……」

「ん？　ああ——まあ、嘘《うそ》だよね」

狼森《おいのもり》さんは言った。

しれっと。

本当に、しれっと。

「そんな都合よく変な服を持ち歩いているはずもないだろう。ふふふ。逆によく信じたよね、

こんな雑な嘘《うそ》」

「…………」

「ああ、もちろん勝負は私の負けでいいよ。完敗だよ、歌枕《かつらぎ》くん。まさかそこまで捨て身な格好をしてくれるとは思わなかった。いやー、キツい。うん、本当にキツい……ふふっ、よく似合ってるよ…………ははは っ」

堪《こら》え切れんとばかりに笑う狼森《おいのもり》さん。

どうやらこの勝負は、悪ふざけに付き合わされていただけ。

最初から俺達《おれたち》は、徹頭徹尾《てっとうてつび》彼女《かのじょ》の手のひらの上だったらしい。

試合に勝って勝負に負けた綾子《あやこ》さんは、放心状態となってその場に崩《くず》れ、

「…………も、もうこの人やだぁああああああっ!」

と涙声《なみだごえ》で絶叫《ぜっきょう》した。

泣《な》き崩《くず》れるアラサーJKを前に、俺《おれ》はかける言葉を見つけられなかった。

♥

しばらくは立ち直ることができなかった私だけれど……この格好で泣いている三十代女子もキツいだろうと思い、己《おのれ》を奮い立たせて二階の自室へと戻《もど》った。

「ふふっ。いい加減、機嫌《きげん》を直してくれよ、歌枕《かつらぎ》くん」

制服から着替《きが》えている途中《とちゅう》、狼森《おいのもり》さんが部屋に入ってきた。

「ちゃんと謝《あやま》るから。ごめん、ごめんね。ふふふっ」

「半笑いで謝《あやま》らないでください！」

シャツを脱《ぬ》ぎ、ブラジャー姿になりながら怒鳴《どな》る。

ああ……シャツに変なシワついちゃってる。ごめんね、美羽《みう》。ちゃんとアイロンかけるから許して。

「今回はもう、本当に怒《おこ》りましたからね！　給料を今の倍にしてくれなきゃ許しません！」

「ああ、別にいいよ。倍だね。よし、わかった。来月からそうなるよう手配しよう」

「……やめてください。経理の金森《かなもり》さんやその他諸々《たもろもろ》に私が怒《おこ》られますから」

「なんだ、はっきりしないなあ」

もうやだよー……。

なんなの、この上司？

なんでこんな遊び人みたいな人が社長なの、うちの会社？

「まあまあ、結果的によかったじゃないか。期せずして左沢《あてらざわ》くんに制服コスを見せつけることに成功したわけなんだから。彼《かれ》がニッチな性癖《せいへき》の持ち主だったなら、今頃《いまごろ》きみへの好感度が急上昇《きゅうじょうしょう》してる頃《ころ》だろうね」

「……こんな形で好感度が上がっても嬉《うれ》しくないです」

「ふうん？　上がること自体は嬉《うれ》しいんだね」

「それは……こ、言葉の綾《あや》です！」

強引《ごういん》に会話を打ち切った。

このまま話していると、どんどん本音を引きずり出されそうだったから。

自分でも気づいていないような、心の奥《おく》の本音まで。

「ふふっ。相変わらずイジリ甲斐《がい》があるなあ、歌枕《かつらぎ》くんは」

楽しげに呟《つぶや》いた後、両手を上げて伸《の》びをする。

「んーっ。なんにしても、遊びに来た甲斐《かい》があったよ。歌枕《かつらぎ》くんのムチムチ制服コスプレは見られたし、お目当ての左沢《あてらざわ》くんにも会えたし」

「……やっぱり、タッくんが目的だったんですか？」

「まあね。歌枕《かつらぎ》くんの旦那《だんな》になるかもしれない相手なんだ。私が品定めをしないわけにはいかないだろう」

「な、なに言ってるんですか。私達《わたしたち》はまだ……どうなるかわかりませんから」

「おっと。そうだったそうだった。今は友達以上恋人《こいびと》未満の、最高に楽しい時期を満喫《まんきつ》中なんだったね」

「うう……」

なにを言ってもからかわれてしまうため、私は呻《うな》ることしかできなかった。

狼森《おいのもり》さんはそんな私をくすくすと笑うが、

「でもまあ――」

笑《え》みを抑《おさ》え、溜息《ためいき》交じりの声で言う。


「――彼《かれ》は、やめた方がいいだろうね」


嘲弄《ちょうろう》と諦観《ていかん》の意図が滲《にじ》む、冷めた声音《こわね》だった。

「え……」

「歌枕《かつらぎ》くんがあまりに狼狽《うろた》えているようだったから、どれほどの男かと思って見に来てみたけれど……正直、期待外れかな。どこにでもいるような、ただの大学生にしか見えない」

小馬鹿《こばか》にするような口調で、淡々《たんたん》と狼森《おいのもり》さんは続ける。

「顔は悪くないが、とびきりの美男子ってわけでもないし……大学生だから経済力は皆無《かいむ》。ついでに実家暮らしで車もなし。男として見られないと言っていた歌枕《かつらぎ》くんの気持ちもよくわかるよ。よほど年下趣味《しゅみ》の女性でもない限り、三十代の女が相手をするには値《あたい》しない。遊びならいいが、将来を見据《みす》えて付き合う対象にはならないだろう」

失笑《しっしょう》気味に、続ける。

「それに……イマイチ頼《たよ》りないしね。冴《さ》えない。パッとしない。肝心《かんじん》のデート当日に風邪《かぜ》を引くのも大きなマイナスだ。本番に弱い男ほど情けないものはない。だいたい、十年も悶々《もんもん》と片思いをしてるって、一途《いちず》を通《とお》り越《こ》して少し気持ち悪いよ。ちょいとストーカーチックだ」

続ける。

「もっとマシな男が世の中には腐《くさ》るほどいるさ。なんなら私が紹介《しょうかい》しようか？　きみほどの器量なら、いくらでも金持ちのいい男が――」

「――狼森《おいのもり》さん」

口が、勝手に動いた。

「これ以上彼《かれ》を侮辱《ぶじょく》するなら、私、本気で怒《おこ》りますよ」

自分でも驚《おどろ》くぐらい――声が震《ふる》えていた。

怒《いか》りで。

激しい怒《いか》りが胸《むね》の奥《おく》で沸騰《ふっとう》し、声も体も震《ふる》えてしまう。

「訂正《ていせい》してください。タッくんは頼《たよ》りない男なんかじゃありません。真面目で、誠実で、優《やさ》しくて、すごく頼《たよ》りになる男です」

強く睨《にら》みつける。

自分の上司を、自分が勤める会社の社長を。

狼森《おいのもり》さん相手にこんなにも喧嘩《けんか》腰《ごし》で話すのは、入社以来初めてだった。

「美羽《みう》を引き取ってからの十年……彼《かれ》の存在が、どれだけ私を支えてくれたか」

一瞬《いっしゅん》のうちに、脳裏《のうり》を過ぎる。

これまでの美羽《みう》との十年――そこには、いつもタッくんが一緒《いっしょ》にいた。

いつも私のそばにいて、私を支えてくれた――

「自分でも最近まで気づいてなかったんですけど……私、困ったときに一番最初に連絡《れんらく》する相手――タッくんなんですよね」

ずっと、自分でも気づいていなかった。

あまりに当たり前すぎて、気づくのが遅《おく》れてしまっていた。

「仕事の都合で美羽《みう》を家に一人にしてしまうときは、いつもタッくんが美羽《みう》と遊んでくれてた……。イベントごとの準備にはいつも協力してくれたし、美羽《みう》の受験のときだって、タッくんは私以上に真剣《しんけん》になってくれた……」

例を挙げれば数え切れない。

彼《かれ》に助けてもらった思い出なんて、いくらでも溢《あふ》れてくる。

「彼《かれ》ほど頼《たよ》りになる男を、私は知りません」

「…………」

「そりゃ、経済力はないかもしれないですけど……だ、大学生なんだからしょうがないじゃないですか！　その分、将来性はすごいんです！　タッくんは絶対、将来は立派な仕事をしてお金持ちになるはずです！　私にはわかるんです！　顔だって……わ、私は好きですよ！　タッくん、かっこいいじゃないですか！　体型だって水泳やってたから細マッチョだし！　全然好みです！」

「………」

「あと──十年も片思いしていたこと……私は気持ち悪いなんて微塵《みじん》も思ってません。最初は驚《おどろ》いたし、戸惑《とまど》いましたけど……でも今は、彼《かれ》の一途《いちず》さを嬉《うれ》しく思う気持ちの方が大きいです。私なんかを、十年も好きでいてくれて……」

「………」

「と、とにかく、タッくんはすごい男なんです！　これ以上悪く言うなら、いくら狼森《おいのもり》さんでも絶対に許《ゆる》さな──」

「……ぷっ。くくっ、あははは！」

感情のままに叫《さけ》び続けていると、狼森《おいのもり》さんが吹《ふ》き出《だ》すように笑った。

「あはは。そうかそうか。なるほどね。だったら──」

楽しくて楽しくて仕方がないという笑《え》みを浮《う》かべながら、狼森《おいのもり》さんは部屋のドアに手をかける。

「──そういうことは、ちゃんと本人に言ってあげるといいよ」

勢いよくドアを開いて素早《すばや》く手を伸《の》ばし──部屋の外にいた人間を勢いよく部屋の中に引《ひ》っ

張《ば》り込《こ》んだ。

「え……タ、タッくんっ⁉」

驚愕《きょうがく》の声を上げる私。

部屋に引きずり込《こ》まれたタッくんは、いたたまれない表情をしていた。

「す、すみません、俺《おれ》……時間かかってるようだから、心配で様子を見に来たんですけど……なんか、急に入りづらい話が始まっちゃって……」

「ふふふ。悪い子だねえ、左沢《あてらざわ》くん、女同士の秘密の会話を盗《ぬす》み聞《ぎ》きするなんて」

言葉とは裏腹に、狼森《おいのもり》さんは心底楽しげな笑《え》みを浮《う》かべている。

罠《わな》にかかった獲物《えもの》を見下ろすような愉悦《ゆえつ》が、そこにはあった。

「ま、まさか狼森《おいのもり》さん、最初からタッくんがいるのわかってて……」

「足音で大体どこにいるかはわかったからね」

悪びれもせずに、それどころか誇《ほこ》るように言う。

やられた。

また、騙《だま》された。

足音でタッくんが二階に来たことを知った狼森《おいのもり》さんは、タイミングを見計らって罠《わな》をしかけたのだ。

あえて私を怒《おこ》らせるようなことを言ってきて、ドアの外にいるタッくんに室内の会話を聞かせるつもりだった。

私がどんな反論をするか、予測した上で。

「ふふっ。嘘《うそ》とは言え、いろいろ酷《ひど》いことを言ってすまなかったね。ええと――」

タッくんの肩《かた》に手を置いて謝罪しつつ、ちらりと私の方を見やる。

「――真面目で、誠実で、優《やさ》しくて、すごく頼《たよ》りになる男、タッくんだったかな？」

「～～～～っ⁉」

イジってきた！

めっちゃイジってきた、この人！

うわあぁ～っ！　恥《は》ずかしい！　私、なんて言ったっけ⁉　怒《いか》りにまかせて恥《は》ずかしいこと言いまくった気がするんだけど！

「ち、違《ちが》うのよタッくん！　今のは……その、う、売り言葉に買い言葉っていうか……ほ、本音じゃない……わけでもないんだけど、でも、あの……」

「だ、大丈夫《だいじょうぶ》です、わかってますっ」

一緒《いっしょ》になって頬《ほお》を染めてしまう私達《わたしたち》だった。

「ははは。本当に初々《ういうい》しくてかわいいね、左沢《あてらざわ》くんも歌枕《かつらぎ》くんも」

狼森《おいのもり》さんは一人楽しげに言いつつ、私達《わたしたち》に背を向けて部屋から出て行く。

「それじゃ、私はそろそろ帰らせてもらうよ。もう十分すぎるくらい、きみ達《たち》の若さと青臭《あおくさ》さを堪能《たんのう》させてもらったからね」

「え……あ」

「存分に青春したまえ、歌枕《かつらぎ》くん」

階段を降りていた狼森《おいのもり》さんは、見送りに行こうとした私を制するように、首だけ回して振《ふ》り返《かえ》って告げる。

「『青春とは人生のある時期ではなく、心の持ち方を言う』──アメリカの詩人、サミュエル・ウルマンの言葉であり、そして私の座右《ざゆう》の銘《めい》だ」

それは──よく知っている。

『ライトシップ』社長室には、その詩が社訓としてデカデカと壁《かべ》に貼《は》ってあるから。

有名な冒頭《ぼうとう》部分だけではなく、詩の全文が書いてある。

「いくつになろうと、人生を全力で謳歌《おうか》しようとする限り、人の魂《たましい》は老いないし衰《おとろ》えない。だから歌枕《かつらぎ》くん、仕事も恋《こい》も、全力で満喫《まんきつ》し堪能《たんのう》したまえ。足踏《あしぶ》みの理由に年齢《ねんれい》を使うには、きみはまだまだ若すぎる」

言うだけ言うと満足げに笑い、狼森《おいのもり》さんはスタスタと階段を降りていく。

玄関《げんかん》に置いてあったキャリーケースを持って、私の家を後にした。

私とタッくんは、颯爽《さっそう》と帰って行く彼女《かのじょ》を黙《だま》って見守ることしかできなかった。

なんというか……圧倒《あっとう》された気分。

「す、すごい人でしたね、狼森《おいのもり》さんて」

「……ほんとにね」

賞賛半分、嫌《いや》み半分で同意した。

結局、終始狼森《おいのもり》さんのペースだった。なにもかもが手のひらの上で、私達《わたしたち》は遊ばれていただけなのだろう。

まったく……本当に厄介《やっかい》な社長だ。

傍若無人《ぼうじゃくぶじん》で傲岸不遜《ごうがんふそん》で、金にも恋《こい》にも大らかで大雑把《おおざっぱ》。いくつになってもガキ大将みたいな性格をしてて、『気まぐれ』と『常識知らず』が服を着て歩いているような人——それなのに。

嫌《きら》いにはなれないんだから、本当に困ったものだ。

なんだかんだ言《い》って、感謝している。

感謝してもし尽《つ》くし切れないぐらい、感謝してる。

新入社員のくせにいきなりシングルマザーになった私が、今日までやりたい仕事をやってこられたのは、全て狼森《おいのもり》さんのおかげなのだから。

「ごめんね、タッくん。うちの社長のタチが悪い遊びに巻《ま》き込《こ》んじゃって」

「……いえ、それは、ぜ、全然、いいんですけど」

顔を赤くして目を逸《そ》らすタッくん。

「ん？　どうかしたの？」

「いや、その……あ、綾子《あやこ》さん」

しどろもどろになりながら、タッくんは言う。

「そろそろ——なにか着た方がいいと思うんですけど」

「え？　…………きゃあっ！」

ゆっくりと視線を下ろして自分の姿を確認《かくにん》し、そして悲鳴を上げた。

き、着てない！

下は制服のスカートのままで……上は、なんとブラジャーのまま。

うわあ……し、しまったぁ！　着替《きが》えの途中《とちゅう》で狼森《おいのもり》さんがタッくんをバカにするようなこと言ってきたから、手を止めて感情的になって反論して——その後ずっとこのままだった！

ブラジャー姿のままだった！

「やだもぉ……うう、タッくん、言うのが遅《おそ》い……」

「す、すみませんっ、なんか言うタイミングがなくて……あっ。俺《おれ》、上着取ってきます」

駆《か》け出《だ》していくタッくんを、私はしゃがみ込《こ》んだまま見送った。

まさか——これも狼森《おいのもり》さんの狙《ねら》い通り？

こうなることを見越《みこ》して、私が着替《きが》えを始めた瞬間《しゅんかん》に作戦を実行したんじゃ——

う〜、あ〜、もぉっ！

やっぱりあの人、大っ嫌《きら》い！

第五章
作戦と意図

♠

平日の夕方——

大学の講義が終わってから、俺《おれ》は聡也《さとや》と駅前のカフェで待ち合わせていた。

誘《さそ》ったのは俺《おれ》の方だが、場所は向こうから指定された。

「とりあえず……これ」

二人でコーヒーを頼《たの》んだ後、俺《おれ》は対面に座《すわ》る聡也《さとや》に封筒《ふうとう》を手渡《てわた》した。

「なにこれ？」

「こないだ俺《おれ》が風邪《かぜ》で寝込《ねこ》んだ日……予約してたレストラン、聡也《さとや》が代わりに行ってもらっただろ？」

先週行くはずだったデート——予定では、スケジュールの最後には夜景の見えるレストランでディナーをするはずだった。聡也《さとや》から教えてもらった、いい感じのイタリアン。そこまで高級ではないが、一応コース料理などもあり、社会人女性からも人気が高い店だったらしい。

しかし知っての通り、デートは俺《おれ》の風邪《かぜ》のせいで延期。

予約していたレストランには、当日の朝聡也《さとや》に連絡《れんらく》して、俺達《おれたち》の代わりに彼女《かのじょ》と二人で行ってもらっていた。

「二人分の食事代が入ってる。受け取ってくれ」

「え……いや、受け取れないよ。なんで？」

「俺《おれ》の代わりに行ってもらったんだから、払《はら》うのは当然だろ。おかげで店に迷惑《めいわく》をかけずに済んだ」

「いやいや。そんなの気にしなくていいって。僕《ぼく》も凜《りん》ちゃんも楽しく食事してきたし、巧《たくみ》が気に病《や》む必要なんか全くないよ」

「でも……結構しただろ？」

「したっちゃしたけど……んー、じゃあ、そこまで言うなら半分だけ受けとっとこうかな。さすがに全部受け取るのは気が引けるからね」

聡也《さとや》は封筒《ふうとう》から半分だけお金を取《と》り、残りは俺《おれ》に返してきた。これ以上気持ちを押《お》しつけるのも逆に悪い気がしたので、俺《おれ》は封筒《ふうとう》を受け取った。

「本当に律儀《りちぎ》だよねえ、巧《たくみ》は。てっきり今日もまたデートの相談かと思ったんだけど、まさかこんな要件だったとは」

呆《あき》れ口調で言う。

「延期したデートは、今週末になったんだよね？」

「ああ」

綾子《あやこ》さんと何度か連絡《れんらく》を取り、再デートは今週末となった。

「でも、デートプランの相談は……今回はいいかな。向こうからすげえ『無理はしないで』って釘刺《くぎさ》されたから」

日取りを決める段階で、綾子《あやこ》さんは繰《く》り返《かえ》しこんな風に言ってきた。

『あのね、タッくん……私のために頑張《がんば》ってくれるのはすごく嬉《うれ》しいんだけど……あんまり頑《がん》張《ば》りすぎないでね。また風邪《かぜ》引いちゃったら大変だし……無理だけは絶対にしないで』

『レンタカーなんてお金がもったいないだけだから、私の車で全然いいわよ。なんなら私が運転してもいいし……』

俺《おれ》が無理して体調を崩《くず》してしまったことを、相当気に病《や》んでるらしい。

はあ。我ながら本当に格好悪い。

相手を喜ばせるつもりが、心配ばかりかけてしまっている。

「そっか。まあ綾子《あやこ》さんの気持ちもわかるよねえ。巧《たくみ》が頑張《がんば》れば頑張《がんば》るほど、かえって気を遣《つか》っちゃうのかも」

「……情けねえよな。男として見て欲《ほ》しくて頑張《がんば》ってたはずなのに、そのせいで逆に息子《むすこ》みたいに心配されてんだから」

俺《おれ》のことを、彼女《かのじょ》はどう見ているのだろう？

嫌《きら》われている——ということは、たぶんないと思う。

自惚《うぬぼ》れじゃないとは言い切れないけれど——でもおそらく、綾子《あやこ》さんは俺《おれ》のことを憎《にく》からず思ってくれていると思う。

好意に近い感情は持ってくれている、はず。

ただその好意が『息子《むすこ》として』なのか『男として』なのかは、俺《おれ》にはわからない。

あるいは――綾子《あやこ》さんにもわかっていないのかもしれない。

きっぱりと二つに分かれているわけではなく、曖昧《あいまい》で不確かで、境目が不明瞭《ふめいりょう》なグラデーションの状態なのかもしれない――

「まあまあそう気にしないで。今回は僕《ぼく》にも少々落ち度があったからね。だいぶ大人向けのデートプラン提案しちゃったせいで、巧《たくみ》の負担がかなり大きかったと思うし」

というわけで、と聡也《さとや》は続ける。

「今回は――スペシャルアドバイザーを用意しました」

「ア、アドバイザー……？」

「うん。この世の誰《だれ》よりも、巧《たくみ》と綾子《あやこ》さんについて詳《くわ》しい人物」

「…………」

「てっきり今日もデートの相談だと思ったからさ、もうすでに呼んじゃってるんだよね。だから待ち合わせ場所もここにして――あっ。ちょうど来たみたいだよ」

店の入り口に向かって手を振《ふ》る聡也《さとや》。

この世の誰《だれ》よりも、俺《おれ》と綾子《あやこ》さんについて詳《くわ》しい人物？

誰《だれ》だそれは？

疑問に思いながら視線を追って——そして納得《なっとく》した。

「あっ。やっほーい」

こちらに気づいて手を振《ふ》ったのは、俺《おれ》のよく知る人物。

綾子《あやこ》さんの娘《むすめ》——歌枕美羽《かつらぎみう》だった。

「お久しぶりです、聡也《さとや》さん。相変わらずイケメンですね」

「ありがとう、美羽《みう》ちゃんも相変わらず美少女だね」

「あはは。あざまーす」

気軽な挨拶《あいさつ》を交《か》わした後、美羽《みう》は俺《おれ》の方を向く。

「どーも、タク兄《にい》。今朝ぶり」

「美羽《みう》……」

ああ、なるほど。

確かにこの少女は、この世の誰《だれ》よりも俺《おれ》と綾子《あやこ》さんに詳《くわ》しい人物と言えるだろう。スペシャルアドバイザーと称《しょう》した聡也《さとや》の意図もわかる。

しかし。しかし、だ。

「じゃあ私、ちょっと飲み物買ってきますねー」

美羽《みう》がレジへと向かった後、

「……おい」

俺《おれ》はテーブルに身を乗り出し、小声で告げた。

「聡也《さとや》、お前……なんで美羽《みう》を呼んだんだよ？」

「なんでって適任だと思ったからだよ。綾子《あやこ》さんを攻略《こうりやく》したいというなら、娘《むすめ》の美羽《みう》ちゃんの意見を伺《うかが》うのが手っ取り早いでしょ？」

平然と聡也《さとや》は言う。

「むしろ逆に疑問だよ。巧《たくみ》はなんで——美羽《みう》ちゃんを頼《たよ》ろうとしないの？」

「それ、は……」

しばしの沈黙《ちんもく》の後、俺《おれ》は溜息《ためいき》を吐《は》き出《だ》すように告げる。

「……気まずいからだよ」

「気まずい？」

「だってお前……なんか恥《は》ずかしいだろ？　好きな人の娘《むすめ》に……『あなたのお母さんと付き合うにはどうすればいいんですか？』って助言求めるのは」

「…………」

「それに……もし全部が上手《うま》くいったら——俺《おれ》と綾子《あやこ》さんが付き合えることになって、最終的に結婚《けつこん》するってなったら……美羽《みう》は俺《おれ》の義理の娘《むすめ》になるんだぞ？　今の段階で美羽《みう》を頼《たよ》りまくってたら、いずれ義父《ちち》となったときに威厳《いげん》もクソもないっつーか」

「……あはは。なるほどね、巧《たくみ》なりの変なプライドがあるわけだ」

失笑《しっしょう》気味に笑う聡也《さとや》だった。

我ながら——気持ち悪いとは思う。まだ付き合えるかどうかもわかっていないのに、結婚《けっこん》した後のことまで想定して勝手に不安がってるなんて。

取らぬ狸《たぬき》の皮算用もいいところだ。

でも。

考えないわけにはいかない。

俺《おれ》が好きになった女性には、大切な娘《むすめ》がいるのだから。

相手の子供との将来まで考えを巡《めぐ》らすことは、シングルマザーに惚《ほ》れた男として最低限の礼《れい》儀《ぎ》だと思う。

「なーに二人でヒソヒソ話してるんですか？」

飲み物を買った美羽《みう》が戻《もど》ってきて、俺《おれ》の隣《となり》へと座《すわ》る。

「ま、大体予測つくけど」

生クリームがふんだんに盛り付けられたキャラメルマキアートを一口飲んだ後、呆《あき》れたように告げる。

「どうせタク兄《にい》が、私の協力を嫌《いや》がってるんでしょ？」

「…………」

「はあ、やれやれ」

図星でなにも言えなくなる俺《おれ》に、美羽《みう》は盛大《せいだい》な溜息《ためいき》をついた。

「まあ私を頼《たよ》りたくないっていう気持ちはわかるんだけどね。だから私も、今日までタク兄《にい》には特になにも言わなかったし」

でも、と言って。

同情と憐憫《れんびん》の眼差《まなざ》しを向けてくる。

「デートが風邪《かぜ》でダメになったとき……がっかり感がすごかったからさ。こりゃ私も黙《だま》ってる場合じゃない、と思いまして」

「……それはどうもご親切に」

痛いところを突《つ》かれたため、目を逸《そ》らして嫌《いや》みを言うことしかできなかった。

「じゃあ、美羽《みう》ちゃんの協力は決定ってことで。早速《さっそく》作戦会議を始めようか。今週末のデートについて」

ポン、と仕切り直すように手を叩《たた》き、聡也《さとや》が話を進めた。

「一応、前回のプランはあるけれど……縁起《えんぎ》が悪いから避《さ》けた方がいいと思うんだよね。僕《ぼく》としては、完全に一から考えるべきだと思う」

「……そうかもな」

頷《うなず》く。せっかく考えてくれた聡也《さとや》には本当に申し訳ないが……もう一度前回のプランで行くのは憚《はばか》られる。

縁起《えんぎ》が悪いというのもあるし、綾子《あやこ》さんにはすでにある程度中身がバレてしまっている。そしてなにより——彼女《かのじょ》から『無理をしないで』と言われてしまった。

ありがたいやら情けないやら大変複雑な気分だが……とにかく、一から考え直すという方針には賛成だった。

「美羽《みう》ちゃん、なにかアイディアはある」

「んー、そうですね」

顎《あご》に手を添《そ》えて考《かんが》え込《こ》むようにして、美羽《みう》は言う。

「二人が考えたプラン、私も聞きましたけど……ぶっちゃけ、うちのママには合わないと思うんですよね。ああ、いえ、聡也《さとや》さんが悪いわけじゃないんですよ？　普通《ふつう》に大人の女性向けデートとして素敵《すてき》だったと思うんですけど……うちのママは、普通《ふつう》の三十代女性ではないので」

なんとも言えない微妙《びみょう》な顔となる美羽《みう》。

「過去の恋愛《れんあい》経験はよく知らないですけど、少なくともこの十年は誰《だれ》とも恋愛《れんあい》してないから、恋愛偏差《れんあいへんさ》値が中学生並みなんですよね。今回にしても、デートに誘《さそ》われただけで大慌《おおあわ》てでワタワタしてましたし。だからいきなりムーディで大人っぽいデートされても、気後《きおく》れしちゃうだけなんじゃないのかなあ」

「なるほどね。その辺は僕《ぼく》も気がかりだったんだ。僕《ぼく》が考えたのはあくまで『大人の女性』に向けたプランであって――『綾子《あやこ》さん』のためのプランじゃないから」

納得《なっとく》の表情で言う聡也《さとや》。

美羽《みう》はさらに、俺《おれ》の方を向いて続ける。

「タク兄《にい》の方も慣れないこと無理にやったって、『大学生が無理してるなあ』っていう痛々しい感じが出ちゃうだけだと思うし。ていうか実際、そのプレッシャーで体調崩《くず》しちゃったわけでしょ？」

「それは……」

まあ、否定はできないかもしれない。

デートが楽しみすぎる反面、プレッシャーも大きかった。

綾子《あやこ》さんに釣《つ》り合《あ》うような『大人の男』にならなければならないと――大人っぽいデートを提案しなければならないと、必死に背伸《せの》びをしようとしていた。

「だからさ、タク兄《にい》」

美羽《みう》は言う。

まっすぐ俺《おれ》を見つめながら、しかしどこか気の抜《ぬ》けたような口調で。

「普通《ふつう》にしなよ、普通《ふつう》に」

「ふ、普通《ふつう》……？」

「そ。普通《ふつう》が一番」

軽い口調で言い切って、キャラメルマキアートを一口飲む。

「変に背伸《せの》びしようとして失敗するぐらいなら、等身大で勝負すればいいよ。余計なことしようとしないで、普通《ふつう》に、自然にすればいいだけ」

「……いやでも、そんな手抜《てぬ》きみたいな真似《まね》は」

「手抜《てぬ》きしろって言ってるんじゃなくて——普通《ふつう》にしろ、って言ってるの。タク兄《にい》がタク兄《にい》らしく、いつもみたいに普通《ふつう》に振《ふ》る舞《ま》えばそれで十分なの」

美羽《みう》がそう言うと、

「確かにね」

と聡也《さとや》も同意を示した。

「僕《ぼく》も巧《たくみ》も、ついつい綾子《あやこ》さんに合わせようと考えてたけど……やるべきことは逆だったのかもしれない。巧《たくみ》が背伸《せの》びして大人ぶったところでどうせどこかで無理が出るわけだし……だったらむしろ、綾子《あやこ》さんを巧《たくみ》の方に誘《さそ》い込《こ》む戦略の方がいいのかもしれない」

「俺《おれ》の方に……？」

「自分のフィールドで戦うってのは、戦術の基本だからね」

「そうそう。聡也《さとや》さんの言う通り。だいたい、うちのママだって『大人っぽいデート』なんて完全アウェイなわけだから。タク兄《にい》もママも、お互《たが》いにアウェイで戦うっていう誰《だれ》も得しない状態になっちゃうよ」

まくし立てるように言った後、一息ついて美羽《みう》は言う。

「あんまりビビんないでさ、思いついたこと全部やっちゃえばいいよ。心配しなくても――この世界でタク兄《にい》よりうちのママのこと考えてる男はいないから。そんなタク兄《にい》が自然に思いついたデートなら、ママが喜ばないはずがないよ」

「美羽《みう》……」

胸がじんわりと温かくなるのを感じた。

アドバイスは心に響《ひび》いたし――なにより、自意識過剰かもしれないが、美羽《みう》の言葉の端々《はしばし》に俺《おれ》への信頼《しんらい》みたいなものが感じられて、嬉《うれ》しいような恥《は》ずかしいようなむず痒《がゆ》い気分となった。

「……ありがとな」

「あー、そういうのいいから。んっ」

美羽《みう》はぷらぷらと手を振《ふ》った後、こっちに手を差し出してきた。

「え？　なんだよ？」

「アドバイス料」

「………………」

「ここのキャラメルマキアート代。あとケーキも食べたいな」

「……ちゃっかりしてるな、お前」

嫌《いや》みを言いつつ、俺《おれ》は財布《さいふ》から千円札を取り出した。

「まいどあり～」

上機嫌《じょうきげん》に千円札を受け取った後、美羽《みう》は再び席を立つ。

座《すわ》ったままの俺《おれ》を、見下ろすようにして続ける。

「前にも言ったけど……うちのママはチョロいから。タク兄《にい》が攻《せ》めて攻《せ》めて攻《せ》めまくれば、コロッと落ちちゃうはずだよ」

「……だからお前は、自分の母親をそういう風に言うなっての」

「二人には障害なんてなにもないんだから。あるとしたら、ママが勝手に自分で作ってるだけ。全部ママの……心の中だけの問題」

そこで、ずっと軽薄《けいはく》な笑《え》みを浮《う》かべていた美羽《みう》の顔に、ふと影《かげ》が落ちる。

わずかに伏《ふ》せた目には、どこか悲痛さが滲《にじ》んでいた。

「……もしも今回のデートが失敗に終わるようだったら、私にもちょっと考えがあるし……」

「考え？」

「あっ……ううん。なんでもないなんでもない」

ハッと顔を上げ、慌《あわ》てた様子で手を振《ふ》る。

「始まる前から失敗したときのこと考えるのも縁起《えんぎ》悪いからね。本当になんでもないから、今のは忘れておくんなましー」

冗談《じょうだん》っぽく会話を打ち切った後、美羽《みう》は逃《に》げるようにレジへ向かった。

第六章
楽園と豪遊

♥

やむを得ぬ事情により急遽《きゅうきょ》延期となったデートから、一週間。

再びデートの日がやってきた。

事前にいろいろと話し合った結果——わざわざレンタカーなんて借りずに、私の車で一緒《いっしょ》に出かけることとなった。

だから待ち合わせ場所は、うちの駐車場《ちゅうしゃ》。

午前九時、五十五分。

約束の時間五分前に家を出ると——ちょうどお隣《となり》の家からタッくんが出てくるタイミングだった。

「おはようございます、綾子《あやこ》さん」

「お、はよう、タッくん」

やや緊張《きんちょう》した面持《おもも》ちの彼《かれ》に、私もまた少し上擦《うわず》った声で返した。

「……体調は大丈夫《だいじょうぶ》？」

「バッチリです。今週は毎日八時間寝《ね》てました」

「あはは……。健康的ね」

冗談《じょうだん》めいたやり取りをするも、会話はどこか上滑《うわすべ》りしていた。

たぶん、お互《たが》いに意識しているからだろう。

男として、女として、互《たが》いに意識し合っている。

私と彼《かれ》の初めてのデート。

一回中止になった程度では、緊張《きんちょう》も不安もまるで収まらない——

「綾子《あやこ》さん……」

少し間が空いた後に、タッくんは言う。

ジッと私を見つめて、

「今日の服、似合ってますね」

「——っ」

「髪型《かみがた》もいつもと少し違《ちが》うし、なんか雰囲気《ふんいき》が違《ちが》って新鮮《しんせん》な感じで……。すごく……綺麗《きれい》だと思います」

「……そ、そりゃ私だってデート用の服ぐらいは持ってますから」

恥《は》ずかしさのあまり、つっけんどんな態度を取ってしまう。本当はデートのためにわざわざ買いに行った服だったりするんだけど。

うう、まずいまずい。

この程度の攻撃《こうげき》で照れてどうするのよ？　こんなジャブみたいな攻撃《こうげき》でたじろいでたら——

今日一日デートしたらどうなっちゃうの？

「そ、そろそろ行こっか」

「はい。じゃあ……申し訳ないですけど、車、お借りします」

タッくんは軽く頭を下げた後、運転席側へと回り込《こ》む。

「……運転、本当に大丈夫《だいじょうぶ》？　私が運転しても全然いいのよ？」

「大丈夫《だいじょうぶ》です、たぶん。綾子《あやこ》さんの車、母さんのと同じですから。母さんの車は、何度か乗ったことあるんで」

そこまで言われてしまえば、これ以上気遣《きづか》うのは失礼というものだろう。

私は助手席に、タッくんは運転席に乗《の》り込《こ》む。

「それで……今日は、どこに行くの？」

シートの位置やミラーを調整してる彼《かれ》に、私は問うた。

「えっと、それはまあ……ついてからのお楽しみってことで」

意味ありげな顔で答えるタッくん。大丈夫《だいじょうぶ》かしら？　またなにか、私のために無理して難しいことしようとしてるんじゃ……。

そんな不安が顔に出てしまったからなのか、

「あ。でも、そんな変なところじゃないんで安心してください」

タッくんは付け足すように言った。

「綾子《あやこ》さんも行ったことがある場所です」

本人は少し自信なさげだったけれど、事前に練習していただけあってタッくんの運転はとてもスムーズだった。

なんなら私より上手《うま》いぐらい。追《お》い越《こ》しや車線変更《へんこう》も自然にこなし、インターチェンジから高速道路に入っても、慌《あわ》てることなくスマートに運転し続けた。

ドライブ開始から、約一時間。

高速道路を使って県外に出た私達《わたしたち》は——目的地へと到着《とうちゃく》した。

「ここって……」

車から降りた私は、唖然《あぜん》としてしまう。

駐車場《ちゅうしゃじょう》に並ぶ車の半分以上が——大型のファミリーカー。多くの家族連れが、駐車場《ちゅうしゃじょう》から入場口に向かって歩いて行く。

入場ゲートの向こうには、ジェットコースターや観覧車が見えた。

「ゆ……遊園地？」

ここは——県外にある遊園地だった。

東北最大級と謳《うた》われる、なんでもありの大型テーマパーク。

私は……正直、驚《おどろ》きを隠《かく》せない。

タックんがデートでどこに連れてってくれるのか。いろいろと妄想《もうそう》したりもしたけれど、まさか遊園地とは思わなかった。

しかも、ここは——

「今年の春、サークルの新入生歓迎会《かんげいかい》で来たんですよね。遊園地の中で、新入生が先輩《せんぱい》を探して謎解《なぞと》きしてくみたいな……まあ、そういう大学生っぽいノリのイベントがあったんです」

運転席から降りてきたタックんが、私の隣《となり》に立って言う。

「綾子《あやこ》さんも——ここ、来たことありますよね」

「……うん。もう、ずっと前だけど」

美羽《みう》がまだ小学生だった頃《ころ》。

二人で一緒《いっしょ》に、この遊園地に遊びに来たことがあった。

「昔、綾子《あやこ》さんが美羽《みう》とここに遊びに来た話は聞いてて……写真も見せてもらったじゃないですか。楽しそうにはしゃいでる美羽《みう》が、たくさん写ってて」

でも、とタックんは続ける。

「綾子《あやこ》さんの写真は、ほとんどなかった」

「…………」

それは——ある意味当然の話だった。

だって美羽《みう》の写真を撮《と》っているのが——私なのだから。

小さな娘《むすめ》と二人で遊園地に来たならば、母親は写真を撮《と》る側となる。遊園地での私の写真なんて、スタッフさんに頼《たの》んで撮《と》ってもらったツーショットが一枚か二枚あるだけだろう。

主役はあくまで子供。

なによりも優先すべきは子供の笑顔《えがお》であり、子供を差し置いて親がメインになって楽しむことなんて許されない。

別に、そのことを苦痛になんて思わなかった。

美羽《みう》が楽しんでくれれば——楽しんでいる娘《むすめ》の写真を残してあげられれば、それだけで満足だった。

アルバムの中に自分がいなくても、ちっとも辛《つら》くなんてなかった。

でも——

「だから今日はここで、俺《おれ》が綾子《あやこ》さんの写真をたくさん撮《と》れたらいいな、って思って」

タッくんは言う。

「遊園地とかの楽しいイベント、綾子《あやこ》さんはこの十年間、ずっと美羽《みう》を最優先に考えてきたでしょ？　でも今日は……娘《むすめ》のためじゃなくて、自分が楽しむことだけを考えて欲《ほ》しいんです。全力で自分本位に、思い切り遊園地を満喫《まんきつ》して欲《ほ》しいな、って」

「……っ」

咄嗟《とっさ》に言葉が出なかった。

タッくん……そんなこと考えてくれてたんだ。

娘《むすめ》をなによりも優先してきた十年――辛《つら》くなんてなかった。多少辛《つら》いことがあったとしても、その百倍楽しくて幸せな思い出ができた。

でも。

自分を蔑《ないがし》ろにしてきた感覚が、ないと言えば嘘《うそ》になる。

我慢《がまん》や忍耐《にんたい》がゼロだったと言えば、嘘《うそ》になってしまう。

ああ……なんだろう。

胸《むね》の奥《おく》に、じんわりと温かいものがこみ上げてくる。

この十年間、タッくんは本当に私のことをよく見ててくれたんだなって――そんなことを、改めて確認《かくにん》できた気がした。

「えっと……す、すみません。やっぱり……遊園地は子どもっぽかったですかね？」

私が感極《かんきわ》まって沈黙《ちんもく》していると、タッくんが不安そうな声を上げた。

「う、ううん、そうじゃなくて……。全然、嫌《いや》じゃないんだけど……タッくんが私のこと考えてくれてたのは嬉《うれ》しいし、私も……こういうところで遊ぶのは元々好きだし……でも」

「でも？」

「……キ、キツくないかしら？　今の私が遊園地でハシャいだら……」

湧《わ》き上《あ》がる懸念《けねん》事項《じこう》が、口を突《つ》いて出てくる。

「子供を連れてきたわけでもないのに……三十過ぎたおばさんが遊園地でデートなんてしちゃっていいの……？」

「なんだ。そんなこと気にしてたんですか？」

「お、女はいろいろ気になるのよ！」

「前にも言いましたけど、綾子《あやこ》さんは全然おばさんじゃありませんよ。それに、遊園地を楽しむのに年齢《ねんれい》は関係ないですって」

「そ、そうかしら？」

「そうですって。じゃあ、行きましょうか」

「……う、うん」

タッくんに先導される形で、私は歩いて行く。

私達《わたしたち》の初デート——遊園地デートが始まった。

入場ゲートをくぐると、非日常の空気が一気に強くなった。

見てるだけで胸が弾《はず》むようなアトラクションの数々に、お土産《みやげ》やグッズが並ぶショップ。ワクワク感が溢《あふ》れる風景の中では、多くの人々が笑顔《えがお》を浮《う》かべて歩いていた。

「やっぱり週末だけあって家族連れが多いわね」

「そうですね。でも……カップルもたくさんいますよ」

タッくんの言葉通り、園内にはデートを楽しむ恋人達《こいびとたち》も多く見受けられた。

でも……やっぱり若い人が圧倒的《あっとうてき》に多い。

十代二十代ぐらいの、若さ溢《あふ》れるカップルばかり。

三十代ぐらいの女性はみんな子供を連れていて、恋人《こいびと》と二人きりで来ている人はなかなか見つからない。

どうしよう。

やっぱり浮《う》いてるんじゃないかしら、私……？

ああ、なんだか夢を見てるみたい。

全然現実感がない。

去年の自分にこの状況《じょうきょう》を伝えたら、大笑いして信じてもらえないと思う。

タッくんと一緒《いっしょ》に遊園地でデートしてる、なんて——

「あっ。綾子《あやこ》さん、あれ、見てください」

ふわふわとした落ち着かない気持ちでいる私に、タッくんが告げる。

指さした先にあったのは——メリーゴーランドだった。

「美羽《みう》があれに乗ってる写真、ありましたよね」

「そうね。美羽《みう》ったらすごく気に入ったみたいで、三回も乗ったのよね」

懐《なつ》かしい気持ちに浸《ひた》る私だったけれど、

「じゃあ——乗りますか」

タッくんが軽いノリで、とんでもないことを言った。

「……え？」

「乗りましょうよ、メリーゴーランド」

「………いや、いやいや、ちょっと待って」

メリーゴーランド？　私が？

三ピー歳《さい》の私が、白馬に乗っちゃうの？

「ダ、ダメよ、タッくん。あれには確か……年齢《ねんれい》制限があるから！　上の方の年齢《ねんれい》制限……三十歳《さい》以上の女性は自重してくださいって書いてあった気が……」

「書いてませんよ、そんなこと」

「でも……いい年した大人がメリーゴーランドって」

「別に普通《ふつう》じゃないですか。ほら、結構乗ってる人いますよ？」

「あ、あれはみんな子供と一緒《いっしょ》の大人達《たち》でしょ？　私だって子供と一緒《いっしょ》なら大義名分が立つんだけど……」

「大丈夫《だいじょうぶ》ですって。誰《だれ》も気にしませんから」

「え、え〜〜……」

少々強引《ごういん》なタッくんに促《うなが》されて、私達《わたしたち》はメリーゴーランドの列に並ぶ。

あまり混んでいなかったため、すぐに順番がやってきた。

二人で柵《さく》の中に入り、白い馬の模型に乗る。

足を開いてまたがるとはしたないような気がしたので、足を閉じてちょこんと座《すわ》る……いや、これもこれで、なんかお姫《ひめ》様みたいに気取ってて恥《は》ずかしいのかしら？　えー、わかんない。

三十代女子の正解がちっともわかんない〜……！

「うわ……意外と高い」

「大丈夫《だいじょうぶ》ですか、綾子《あやこ》さん？」

「……だ、大丈夫《だいじょうぶ》は大丈夫《だいじょうぶ》なんだけど……」

いいのかな？　こんなおばさんが、子供もいないのにこんなアトラクションを楽しんじゃって大丈夫《だいじょうぶ》なの？　周囲に白い目で見られない？

「危ないからしっかり掴《つか》まっててくださいね。じゃあ、また後で」

「うん……って、え？　……ええ!?　ま、待ってよタッくん！」

白馬に乗った私を置いて去ろうとした彼《かれ》を、慌《あわ》てて呼び止めた。

「ど、どこ行くの!?」

「どこって、外に出るんですけど」

「い、一緒《いっしょ》に乗ってくれるんじゃないの？　近くにいてくれるんじゃ」

「え？　いや、俺《おれ》は外から綾子《あやこ》さんの写真撮《と》りたいんで」

当然のことのように言うタッくん。

嘘《うそ》、でしょ……⁉

じゃあ私は——一人でメリーゴーランドに乗るってこと⁉

「写真撮《と》った後は、俺《おれ》、出てすぐのところにいますから」

「ま、待って……私やっぱり降り——」

『——はい、それではメリーゴーランド、スタートしまーす』

必死の叫《さけ》びはスタッフさんのマイク音声に遮《さえぎ》られる。

ま、待って、待ってよタッくん……こんなメルヘンチックな空間に私を一人で置いてかないで〜っ！

……なんて心の中で絶叫《ぜっきょう》するも、もはや手遅《ておく》れだった。

タッくんは駆《か》け足《あし》で出て行って、間もなくメリーゴーランドが動き出す。

陽気な音楽、回る景色、上下する白馬。

その全てが——アラサー女子を追《お》い詰《つ》めてくる。

メルヘンがメンタルを追《お》い詰めてくる！

うわあ〜。

いやあ〜。

私、一人でメリーゴーランドに乗っちゃってる。三十超《こ》えてるのに白馬に乗って浮《う》かれちゃってる。周りは親子連ればっかりなのに、私はピン……！

助けを求めるようにタッくんの方を見つめるも——彼《かれ》は無邪気《むじゃき》な笑顔《えがお》を浮《う》かべたままスマホを構えていた。

「……ちょっ。わっ、ダメ……ほ、ほんとに撮《と》るの〜……⁉」

顔を手で隠《かく》しながら慌《あわ》てて叫《さけ》ぶも、音楽のせいで向こうまで声は届いていないらしい。彼《かれ》はスマホを構えたまま、軽くこっちに手を振《ふ》ってくる。

ああ……もぉ。

楽しそうにしちゃって。

私の写真なんか撮《と》って、なにが楽しいんだか——

「……っ」

うう、あー、もう……なんなのかしら、この気持ち？

なんだか——恥《は》ずかしがってるのがバカらしくなってきちゃったわ。

いいのかな？

こんな私でも、こんな年でも。

遊園地デートを思い切り満喫《まんきつ》しちゃっても、いいのかな？

羞恥《しゅうち》と躊躇《ちゅうちょ》しかなかった胸中には、段々と温かいものが満ちていき——

気づけば私は、タッくんに向けてポーズを取っていた。

頑張《がんば》って頑張《がんば》って作った、笑顔《えがお》とピースサイン。

物好きな男の子が『私を撮《と》りたい』と言ってくれてるんだから、せめてこのぐらいはサービスしてあげないとね。

決して浮《う》かれているわけじゃない。決して。

家族連れに囲まれながら目立たないようにこっそりとメリーゴーランドから降りると、タッくんが駆《か》け寄《よ》ってきた。

「お疲《つか》れ様《さま》です」

「……うん、ほんとに」

疲《つか》れた。主にメンタルが疲《つか》れた。

「バッチリ撮《と》れましたよ」

「うう……ほ、ほんとに撮《と》ったんだ」

「はい、動画で」

「動画で⁉」

「最初は写真にしようかと思ったんですけど……どうせなら動画で撮《と》った方がいいかなと思って。おかげで最初は顔を隠《かく》していた綾子《あやこ》さんが、一周するごとに段々とポーズを決めていく流れがバッチリと……」

い、いやあ～っ！

写真だと思ったから頑張《がんば》ったのに、動画って……！

今すぐ全部消去して！　と叫《さけ》びたかったけれど、

「よかったです。綾子《あやこ》さん、楽しそうにしてくれて」

幸せそうに動画を見直す彼《かれ》を前に、なにも言えなくなる。ズルい、ズルいわよ。そんな顔見せられたら、消してなんて言えないでしょ……。

「うう……もぉっ。ほらタッくん、いつまでもそんなの見てないで、次に行くわよ、次に」

「え……」

「……なに、その驚《おどろ》いた顔？」

「その……急に積極的になったなあ、と思って。いやっ、綾子《あやこ》さんが乗り気になってくれるのは、すごく嬉《うれ》しいんですけど」

「……い、いつまでも恥《は》ずかしがってもしょうがないから、今日はいっぱい楽しむって決めたのっ。だから……早く次の乗り物に行きましょう」

「……はいっ」

私が言うと、タッくんはすごく嬉《うれ》しそうに頷《うなず》いた。

次に私達《わたしたち》が向かったのは、ジェットコースターだった。

「綾子《あやこ》さんは、絶叫系《ぜつきょうけい》は大丈夫《だいじょうぶ》な人ですか？」

「あんまりすごいのは無理だけど……それなりのやつなら結構好き。この遊園地のも乗ってみたい気持ちはあったんだけど……前に来たときは、まだ美羽《みう》が小さかったから」

「ああ、身長制限がありますもんね」

人気のアトラクションだけあって、ジェットコースターには長蛇《ちょうだ》の列ができていた。列に並んだ私達《わたしたち》は、人混みに揉《も》まれながら、ちょっとずつちょっとずつ前へと進んでいく。

「あの、綾子《あやこ》さん……」

ざわざわと喧噪《けんそう》に満ちた列の途中《とちゅう》で、タッくんが意を決したように言う。

「手、繋《つな》いでもいいですか？」

「えっ」

「ま、万が一はぐれるといけないんで」

恥《は》ずかしさを堪《こら》えるようにしながら、私に手を差し出してくる。その目や声から、彼《かれ》がどれだけ勇気を振《ふ》り絞《しぼ》っているかがよくわかった。

でも――

「……ダ、ダメよっ」

私は、反射的に手を引いてしまった。

理由――なんて大層なものはない。

ただシンプルに……いきなりだからびっくりしてしまっただけ。

そんな反射的な行動に、私は慌《あわ》てて理由付けをする。

「だって……ほらっ、誰《だれ》が見てるかわからないし……それにこの程度の列なら、はぐれるってことはないと思うから」

「……そ、そうですよね、すみません」

露骨《ろこつ》に落《お》ち込《こ》んだ声で言って、タッくんは手を引いた。

えっ。

やめちゃうの……？

……って、当たり前よね。だって私が拒否《きょひ》しちゃったんだから。でもまさか、こんなにあっさり引いちゃうなんて。むう……。もうちょっとグイグイ来てくれれば、手を握《にぎ》るぐらいなら許しちゃったのに。いつだかの夢の中ぐらい、積極的かつ戦略的に攻《せ》めてきてくれたなら――

ちらり、と横目で見る。

タッくんは……がっくりと項垂《うなだ》れていた。

うわあ、わかりやすく落《お》ち込《こ》んでる。そうよね、だって勇気を振《ふ》り絞《しぼ》って誘《さそ》ってくれたのに、私が思い切り拒否《きよひ》しちゃったんだから。

うう……そんな顔しないで、タッくん……。

ん〜、あ〜、もぉっ！

「――えっ」

次の瞬間《しゅんかん》、タッくんが驚《おどろ》きの声を上げた。

無理もないだろう。

だって私が、今し方手繋《つな》ぎを拒否《きよひ》した私が――彼《かれ》の手を握《にぎ》ったのだから。

「綾子《あやこ》さん……」

「ま、まったく、女心がわかってないわね、タッくん」

私は言う。

精一杯《せいいっぱい》、上から目線な口調で。

「一回拒否《きよひ》されたぐらいで、簡単に諦《あきら》めちゃダメよ。もっとグイグイ行かないと……。女の『嫌《いや》』は、たまに肯定《こうてい》の裏返しのときもあるんだから……。だから男の子は、ちゃんと相手の発言の裏を読むようにして……」

「…………」

「べ、別に私にグイグイ来いって話じゃなくてね！　一般論《いっぱん》！　あくまで一般論《いっぱん》の話！」

……あー、もう、なにを言ってるのよ、私？　すっごく自分勝手で支離《しり》滅裂《めつれつ》なこと言ってる気がする。とんでもなく面倒臭《めんどうくさ》い女になってる気がする。

自己嫌悪《けんお》で凹《へこ》む私だったけれど、

「なるほど、勉強になりました」

タッくんは文句一つ言うことなく、私に微笑《ほほえ》みかけてくれた。

握《にぎ》った手を優《やさ》しく、くすぐったいぐらいの強さで握《にぎ》り返してくれる。

「……タッくん、素直《すなお》すぎ」

「素直《すなお》なのはいいことでしょ」

「素直《すなお》すぎて悪い人に騙《だま》されないか心配だわ。覚えてる？　昔、二人で一緒《いっしょ》に美羽《みう》のクリスマスプレゼント買いに行ったときのこと。私が『ラブカイザー・ソリティア』の変身アイテムを『二万人目の記念でもらった』って言ったら、タッくんは素直《すなお》に信じて——」

「……今だから言いますけど、あれは気づいてましたよ、俺《おれ》」

「あれは気づいてたの!?」

ジェットコースターの後、私達《わたしたち》はアトラクションを気ままに巡《めぐ》った。

宙に浮《う》かんでぐるぐる回転する乗り物に乗ったり、水の中にバシャーンと落ちるコースターに乗ったり、ペダルを漕《こ》いで進むモノレールに乗ったり。

ランチタイムは混雑を避《さ》けるために少し遅《おそ》めにして、カフェテリアのオープンテラスで軽く済ませた。

そんな風に遊園地を満喫《まんきつ》する中――

タッくんは、隙《すき》を見ては私の写真を撮《と》った。

最初は恥《は》ずかしくてたまらなかったけれど――「こんなおばさんを撮《と》ってなにが楽しいの?」なんて照れていたけれど、数をこなしているうちに段々と慣れてきた。

というか。

段々と――楽しくなってしまった。

楽しい。

すごく楽しい。

二人で遊園地のアトラクションを巡《めぐ》って、たくさん写真を撮《と》って、ランチはフラッと入ったところで適当に食べて、パッと目についたクレープを衝動買《しょうどうが》いして食べ歩きなんかしちゃったりして。

まるで、十代や二十代に戻《もど》ったみたい。

まるで、学生同士のカップルみたい――

「こういうところのクレープって、なんか食べたくなるわよね」

「わかります。味なんて絶対どこにでも売ってるような普通《ふつう》のクレープの味だってわかってるのに」

「そうそう」

通路の端《はし》で立ち止まり、さっき買ったクレープを食べる私達《わたしたち》。

私はイチゴで、タッくんはチョコバナナ。

うんうん、やっぱりクレープは王道が一番よね！

「あっ。タッくん、クリームついてるわよ」

「え……ほんとですか？」

「逆逆、こっちよ」

彼《かれ》の頰《ほお》に手を伸《の》ばす。

ついていたクリームを手で拭《ぬぐ》い取《と》り、そのままペロっと舐《な》めた。

「うん、チョコも美味《おい》しいわね」

「……っ」

タッくんがカアア、と顔を赤らめ——

その顔を見て、私も自分がしでかしたことに気づいた。

「えっ、あ……ご、ごめんタッくん！　また私、昔のノリで恥《は》ずかしいことを……！」

「い、いえっ、大丈夫《だいじょうぶ》です！　俺《おれ》こそいちいち照れてすみません！」

お互《たが》いに謝《あやま》り合う私達《わたしたち》だった。

あー……またやっちゃった。

頬《ほお》のクリームを手で取って舐《な》める——タッくんが小さい頃《ころ》、似たようなことはやってあげたことがある気がする。

大人が子供によくやってあげる行為《こうい》だとは思うけれど——もしかしたら、恋人同士《こいびと》の定番イベントだったりもするのかしら……？　じゃあ別にオッケー？　いやでも、私達《わたしたち》はまだ付き合ってないわけだから……むう。

浮《う》かれたり気まずくなったりしながら、私達《わたしたち》は園内を進む。

「綾子《あやこ》さん、あれ」

広場に出ると、人だかりを指さしてタッくんが言った。

「なんか、記念写真を撮《と》ってもらえるイベント、やってるみたいですね」

「へえー」

「せっかくだし、撮《と》ってもらいますか？」

「そうね……うん、撮《と》りましょうか」

私ばっかりたくさん写真を撮《と》ってもらって申し訳ないと思っていたところだし、いい機会だから撮《と》ってもらおう。

私達《わたしたち》は人だかりに近づいて列に並ぼうとして——そこでようやく、そのイベントがどういう層に向けたものか理解した。

仕組みとしては、スタッフさんから撮影《さつえい》用の小道具《フォトプロップス》を受け取り、それを持って観覧車を背景に写真を撮《と》ってもらう感じ。

ただ配られる小道具《フォトプロップス》の多くが……ハートをモチーフとしたもの。

列に並んでいるのもほとんどがカップル。今撮影《さつえい》しているのもカップルで、かなり密着した状態で、イチャイチャしながら撮影《さつえい》を楽しんでいた。

「……こ、恋人《こいびと》向けのイベントだったみたいね」

「そう……ですね」

「ど、どうしよう？」

さすがにこんなイベントに参加するわけには——いや。

むしろここまで来といて拒否《きよひ》しちゃう方が、逆に意識しすぎてるみたいで恥《は》ずかしいのかしら？　うう……わかんない。ほんとにどうしよう？

「大丈夫《だいじょうぶ》……じゃないですか。別に恋人《こいびと》限定って書いてあるわけでもないし……それにほら、カップルっぽくない人達《ひとたち》もいますから」

タッくんの言う通り、多くのカップルに紛《まぎ》れて子連れの夫婦《ふうふ》も何組かいた。高校生っぽい男子のグループなんかもいて、ハートの小道具《フォトプロップス》を手に持って『やべえ、俺《おれ》ら寂《さび》しすぎるだろ！』なんて盛り上がっている。

どうやら割と自由で緩《ゆる》いイベントだったらしい。

「……うん、なんか大丈夫《だいじょうぶ》そうね」

このぐらいの軽いノリなら……カップルじゃない私達《わたしたち》が参加しても問題ないでしょう。『それではここで――お二人がカップルである証拠《しょうこ》を見せてください』なんていう、ラブコメの定番イベントは発生しないはず……！

少し安心した気分となって、私達《わたしたち》は列に並んだ。

『はい、お疲《つか》れさまでしたー』

『次の方、こちらで小道具《フォトプロップス》をお選びくださーい。彼氏《かれし》さんはこちら、彼女《かのじょ》さんはこちらからお願いしまーす』

『彼氏《かれし》さん、もう少しこっちに寄ってください。彼女《かのじょ》さんはそのままで大丈夫《だいじょうぶ》です』

スタッフさん達《たち》はテキパキと撮影《さつえい》をこなし、チームプレーで流れ作業のようにお客さんを捌《さば》いていく。

段々と列が進んでいき――

やがて、私達《わたしたち》の順番となった。

『はい、ではこちらの小道具《フォトプロップス》からお選びください。えっと……』

ずっと営業スマイルを浮《う》かべていたスタッフさんが、ほんの一瞬《いっしゅん》だけ迷うような表情を見せた。そして――

『お姉さんはこちら、弟さんはこちらからお願いします』

と、言った。

私とタッくんを見て、そう言ったのだ。

「…………」

心が、一瞬《いっしゅん》で凍《こお》った気がした。

ああ──

そうか、そうよね。

私とタッくんは、恋人《こいびと》同士になんて見えないわよね。私はいくら若く見える方だって言っても、二十歳《はたち》前後には見えないだろうし。

大丈夫《だいじょうぶ》。

怒《いか》りなんて湧《わ》いてこないし、落《お》ち込《こ》みもしない。

ただ……ちょっと現実を思い知っただけ。まるで学生カップルのデートみたい──と浮《う》かれていた頭が、少し冷静になっただけ。

うんうん。むしろ喜ばないとね。姉弟《きょうだい》だと思われただけまだマシ。母親と息子《むすこ》だと思われたら……さすがにショックだったからね。まあ本当は親子に見えてるけどスタッフさんが念のために姉弟《きょうだい》と言ってくれた可能性もあるけれど──なんて。

私が一瞬《いっしゅん》のうちに様々なことを考えていると、直後。

ガシッ、と。

後ろから腕《うで》を回して肩《かた》を摑《つか》まれた。

そのまま——力強く抱《だ》き寄せられる。

「彼女《かのじょ》です！　どっからどう見ても！」

タッくんは言った。

私を胸元《むなもと》に抱《だ》いて、大きな声ではっきりと。

彼《かれ》の腕《うで》に包まれた状態で聞かされた叫《さけ》びは、鼓膜《こまく》と胸にはっきりと響《ひび》いた。

『あっ……申し訳ありません、大変失礼いたしました！』

スタッフさんは慌《あわ》てて頭を下げてくれた。

小道具《フォトプロップス》を受け取った後、私達《わたしたち》は撮影《さつえい》スポットへと歩いていくけれど——

その空気は……気まずいなんてものじゃなかった。

「……私、彼女《かのじょ》じゃないんだけど」

「いや、その」

ぼそりと言うと、タッくんは言葉に詰《つ》まった。

「なんか、カッとなっちゃって……つい。勝手なこと言っちゃってすみません」

「怒《おこ》ってるわけじゃなくて……ただ、驚《おどろ》いただけ。タッくん、意外と大胆《だいたん》なところもあるのね」

「それは、まあ……さっき、もっとグイグイ来いって言われたんで」

「……まったく。こんなにすぐ実践《じっせん》しなくてもいいのに」

ああ――

ダメだ。

頑張《がんば》ってお姉さんぶった態度作ってるけど、全然ダメ。

ずっと顔は逸《そ》らしっぱなし。

相手の顔が見られない。

こんな顔、見せられない。

『はい、それじゃ撮《と》りますね！』

撮影《さつえい》場所についた後は、スタッフさんがカメラを向けてくる。

『彼氏《かれし》さん、もう少し右でー。彼女《かのじょ》さん……えっと、顔上げてもらっていいですか？』

「……は、はいっ」

頑張《がんば》って頑張《がんば》って、顔を上げて笑顔を作る。

でも、ちっとも上手に笑えなかった。

無表情でもなく、写真用に決めたスマイルでもなく。

真っ赤に染まった頰《ほお》で、潤《うる》んだ瞳《ひとみ》で、幸せが溢《あふ》れ出《で》るような笑顔《えがお》しか浮《う》かべることができなかった。

それから——

二人でのんびり園内を歩き、お土産《みやげ》などを見て回った後で、私達《わたしたち》は最後のアトラクションに乗《の》り込《こ》む。

遊園地の締《し》めと言えば——やっぱりこれでしょう。

「わあー、た、高い……」

観覧車のゴンドラの中、私は外の景色を眺《なが》めながら呟《つぶや》いた。

窓からテーマパークの全てが見下ろせて、歩く人々は点みたいに見えた。高い。思ったより高い。ちょっと怖《こわ》くなる高さね、これは……。

「いい景色ですね」

向かいに座《すわ》るタッくんは、私とは違《ちが》って高さに恐怖《きょうふ》を覚えてる様子はなかった。穏《おだ》やかな表情で眼下の景色を楽しんでいる。

その顔を眺《なが》めていると、少し悪戯心《いたずらごころ》が湧《わ》いてきた。

ポケットからスマホを取り出して、パシャリと一枚写真を撮《と》った。

「え……な、なんですか？」

「別にー。タッくんがいい顔してたから、つい」

「俺《おれ》の顔なんか撮《と》っても楽しくないでしょ？」

「……それ、今日私が何回も言ったことだけどね。何っ回も言ったんだけどね」

「いやっ、綾子《あやこ》さんは撮《と》る価値がありますから！　すごく綺麗《きれい》だし、表情が豊かでかわいらしいし、撮《と》っててすごく楽しい逸材《いつざい》で——」

「〜っ！　も、もうそういうのはいいから！　とにかく今は仕返しの時間なの！　ちょっとは私にも写真撮《と》らせなさい！」

私がスマホを向けると、タッくんは照れたように顔を隠《かく》した。

「なっ。や、やめてくださいよ……だったら、俺《おれ》だってもっと綾子《あやこ》さんと撮《と》りたいですよ」

「ダ、ダメよ、今は私の番なの！　こっちにスマホ向けちゃダメ——」

反射的に立ち上がって相手のスマホを取り上げようとした瞬間《しゅんかん》。

ぐらり、と。

大きくゴンドラが揺《ゆ》れた。

「……きゃっ」

体のバランスを崩《くず》すと同時に、外の景色が目に入ってしまった。恐怖《きょうふ》が一気に加速し、体に全く力が入らなくなる。

「綾子《あやこ》さん！」

その場で転びそうになる私に――タックんが腕《うで》を伸《の》ばして支えてくれた。

私は半ば倒《たお》れ込《こ》むように、彼《かれ》の胸に飛《と》び込《こ》む形となった。

うっかり全体重をかけてしまう私を、彼《かれ》は全身でしっかりと抱《だ》き締《し》めてくれる。

「……はあ、はあ。こ、怖《こわ》かった……」

「だ、大丈夫《だいじょうぶ》でしたか？」

「うん……ありがとう、タックー―」

お礼を言いながら顔を上げて、ようやく今の状態に気づく。

近い。

信じられないぐらいに近い。

体全体が完全に密着している。胸を思い切り押《お》しつけるような体勢となった上、足も変な感じに絡《から》んでしまっていた。

そしてなによりも近いのは――顔。

お互《たが》いの顔が、かなり近い。

今にも、唇《くちびる》と唇《くちびる》が触《ふ》れそうな距離《きょり》――

「――っ！」

私達《わたしたち》は慌《あわ》てて顔を逸《そ》らし、距離《きょり》を取った。ゴンドラの揺《ゆ》れを気にしつつも、できるだけ急いで元通りの向かい合った位置に戻《もど》る。

「すみません、俺《おれ》……咄嗟《とっさ》だったから」

「ううん……大丈夫《だいじょうぶ》。気にしないで」

室内は一気に気まずい空気となってしまう。

はあ、やっちゃった。せっかく楽しい感じだったのに、どうしてこんなおっちょこちょいを
やっちゃうのかしら……？

その後は——少しの間、沈黙《ちんもく》が続いた。

ゴンドラはゆっくりと上昇《じょうしょう》していき、やがて頂点に差《さ》し掛《か》かる。

そこで、

「……綾子《あやこ》さん」

とタッくんが口を開いた。

「今日は、本当にありがとうございました」

「え……」

「綾子《あやこ》さんとデートできて、本当に嬉《うれ》しかったです」

「ど、どうしたの？　急に改まって」

「ちゃんと言わなきゃと思って。本当に……すごく楽しかったから。綾子《あやこ》さんとこんな風に二
人で出歩けるなんて……長年の夢が叶《かな》いました」

「夢って。もう、大げさなんだから」

苦笑《くしょう》しつつ言った後、

「……私も、お礼言わなきゃね」

と続けた。

「デートに誘《さそ》ってくれてありがとう、タッくん。今日はすごく楽しかった」

「ほんとですか？」

「お世辞じゃなくて、本当に楽しかった。遊園地に連れてこられて最初はちょっと驚《おどろ》いたけれど……自分でもびっくりするぐらい楽しめちゃった」

そう告げると、ホッと安堵《あんど》したように笑うタッくん。

私の一挙手一投足に、わかりやすく一喜《いっき》一憂《いちゆう》してくれる。

そんな態度を見ていると、この子は本当に私のことが好きなんだなあ、と改めて確認《かくにん》できてしまうような気がして、顔が少し熱くなってしまう。

「タッくんのおかげで、最高の遊園地デートだった」

「そんな……褒《ほ》めすぎですよ。俺《おれ》は、なにも」

「ううん、タッくんのおかげよ。だってタッくんが誘《さそ》ってくれなきゃ……自分から遊園地に来ようなんて絶対に思わなかっただろうから。私はもう……なんていうか、そういう年じゃないと思ってた」

禁じていた、律していた――とまでは言わないけれど、なんとなく自粛《じしゅく》するような諦観《ていかん》はあった。

十代二十代にしか許されないような青春っぽいイベントを、自分は遠慮《えんりょ》しなければならないと思っていた。

どうにかこうにか今の会社に就職し、美羽《みう》を引き取って母親となり、怒濤《どとう》の日々を送る中いつの間にか三十代へと突入《とつにゅう》し――

私は、大人になった。

大人にならないわけにはいかなかった。

いつまでも子供のままではいられなかった。

青春という便利な言葉を免罪符《めんざいふ》に、やりたいことだけやって遊《あそ》び呆《ほう》けているわけにはいかなかった。

そんな日々が間違《まちが》っていたとは思わない。

何度人生を繰《く》り返《かえ》しても、私は同じ選択《せんたく》をして、同じように生きると思う。

でも――

知らなかった。

自分の中に、まだこんな思いがあったなんて。

未練にも似た感情が、残っていたなんて。

まったく……全部タッくんのせいだ。

この青年の存在が、こんなにも私を落ち着かなくさせる——

「……また、誘《さそ》ってもいいですか？」

タッくんは言う。

まっすぐ私を見つめて、真剣《しんけん》な顔をして。

「俺《おれ》、綾子《あやこ》さんと一緒《いっしょ》にもっといろんなところに行きたいです」

「………………」

心が、燃えるように熱くなってしまう。

私が諦《あきら》めて切り捨ててきたものが——自分でも気づいていなかった未練や欲求が、今、温かく満たされていくようだった。

相手の目を直視できなくて、私は目を窓の外に逸《そ》らした。

下を見ると怖《こわ》いから、空だけを見つめる。

そして、

「……うん」

と、素っ気なく答えた。

それだけで精一杯《せいいっぱい》だった。

胸がいっぱいで言葉が出なかった。

空は青く、夕焼けにはまだ少し早い。

早く日が暮れればいいのに、と思った。

夕日がゴンドラを照らしてくれたなら、恥《は》ずかしいぐらいに赤くなってしまった頬《ほお》を、少しは誤魔化《ごまか》せそうな気がしたから。


まあ、こんな感じで。

私の若干《じゃっかん》恥《は》ずかしいポエミーな締《し》めの文句により、綺麗《きれい》に終わったと思われる遊園地デートだが——

しかし。

この後、波乱が起こる。

まさか思いも寄らなかった。

帰り道で、あんな大事件が起きるなんて。

読みたい人だけ読もう、『ラブカイザー』用語解説②

・ラブカイザー・スピード。

虎杖千絵（いたどりちえ）。

十四歳。中学二年生。『変身機杖ウキウキバビューンロッド』で変身する。五人いるメインカイザーの一人（なお、メインカイザーの一人であったラブカイザー・キティは一話の変身直後に死亡退場するため、一概に『メインカイザーが五人』とは言いがたい部分もある）。

元気いっぱいの野生児。大地を愛し、自然に愛された少女。暇さえあれば野山を駆けまわり、猪や熊を素手で倒して捕まえてくる。仕留めた獲物は自分で捌いて骨一つ残さずに食べ尽くすというポリシーを持っている。

その出生は虎に育てられた少女――が、保護された後に産んだ少女。母親から受け継いだ独特の自然哲学と死生観を持つ。一見短慮でなにも考えていない天然少女のように見えるが、『弱肉強食』という自然の摂理を胸に刻んで生きており、それゆえにバトルロワイヤルで他者を殺すことにも抵抗はない。

野生においては『自分が殺したならば、その命を一つ残さず食らう』というのが彼女の信条であり、そのためラブカイザー同士のバトルロワイヤルでも『殺した相手を必ず食う』という設定が考えられていたが、いかに『ラブカイザー・ジョーカー』が挑戦的な作風とは言え地上波で放送できるはずもなく、その設定が表に出てくることはなかった。

しかし後に発売された脚本家自身による小説版では、規制の枠から外れた彼女本来の姿を見ることができる。

戦闘スタイルは、パワーとスピードでゴリ押しするスタイル。野生の勘と本能を頼りに戦う。変身機杖には七色の属性攻撃と、十三の変形機構が備わっているが、彼女が『殴る』以外の用途で杖を扱うことはとうとうなかった。

前述の通り、シビアな死生観と自然の摂理を信じて生きる野生児だが、その奔放な振る舞いと、単純かつわかりやすい戦闘スタイルから子供人気が高かった。

そんな彼女だが、クリスマス直後の放送で退場。瀕死の重傷を負った後、己の死を悟った彼女は山へと出向き、その肉体の全てを野生動物に捧げて安らかな笑顔のまま大地へと還った。少女の肉体が熊や猪、鳥や猿に食われるという壮絶な死に様は、全国の子供達に根深いトラウマを植え付けた。

・クリスマスの絶望。

『ラブカイザー・ジョーカー』放映時に起こった事件の、ネットでの俗称。

メインカイザーの一人『スピード』がクリスマス直後の放送で壮絶な死を迎えたことで、ネットでは賛否両論の凄まじい論争へと発展し、それは後に『クリスマスの絶望』と呼ばれようになる。クリスマス商戦直後ということもあり、『スピード』のオモチャを買い与えた保護者からのクレームが殺到したらしい。

そのクレームがどこまで影響したかは定かではないが、『スピード』は最終回にて復活を果たす。死亡回の後に『スピード』の担当声優が花束を渡されているクランクアップの画像が公式から発信されていたため、まさかの復活は視聴者を大いに驚かせた。

第七章
宿泊と愛欲

♥

エレベーターが目的の階に到着《とうちゃく》した。

「……あそこの、光ってるとこですね」

緊張《きんちょう》した面持《おもも》ちのタッくんが、点滅《てんめつ》する部屋番号を指さした。入り口で選んだ部屋をライトの点滅《てんめつ》で教えてくれるシステムらしい。

絨毯《じゅうたん》が敷《し》かれた廊下《ろうか》を並んで歩くと、グショグショと嫌《いや》な音がした。

私達《わたしたち》二人は、頭から足の先までずぶ濡《ぬ》れとなっている。靴《くつ》の中はもちろん、下着までもぐっしょり濡《ぬ》れているような状態だった。

部屋に入ると——そこはまるで、普通《ふつう》のホテルの一室のように見えた。

「わあー……なんか、思ったより普通《ふつう》ね」

「そうですね、意外と……こんなもんなんですね」

「……タッくんは、来たことないの？」

「あ、あるわけないでしょ！　綾子《あやこ》さんの方こそ、どうなんですか？」

「ええっ⁉　な、ないない！　私も今日が初めてだから！」

ぎこちないやり取りをしつつ、とりあえず床《ゆか》に荷物を置いた。

アメニティとして置いてあるタオルで、服や鞄《かばん》の水分を拭《ふ》き取《と》っていく。

「じゃあ、綾子《あやこ》さん」

タッくんが言う。

「先、シャワー浴びてきてください」

「……え？」

おそらく私が、素《す》っ頓狂《とんきょう》な声を上げてしまったせいだろう。

タッくんは慌《あわ》てたように付け足す。

「ち、違《ちが》う！　あ、いや……違《ちが》くもないんですけど、なんかすげえ、定番の台詞《せりふ》を言っちゃったんですけど、そういう意味じゃなくて……風邪《かぜ》引くといけないからって意味で」

「わ、わかってる！　こっちこそごめん、変な深読みしちゃって！」

大慌《おおあわ》てで謝罪した後、

「……それじゃ、お言葉に甘《あま》えて、先に入らせてもらうわね」

私は一人、浴室へと向かった。

普通《ふつう》のホテルと違《ちが》って、脱衣所《だついじょ》と部屋の間に仕切りがなく、全部が部屋の方から丸見え。

どうしたらいいかわからなかった私は、とりあえず服を着たまま浴室に入り、そこで濡《ぬ》れた服を脱《ぬ》いでいった。

「……はぁ～」

深々と息を吐《は》き出《だ》す。

体は雨で冷えてるはずなのに、顔だけはやけに熱かった。

どうして？

どうしてこんなことになっちゃったんだろう？

すごくいい雰囲気《ふんいき》でデートは終わったと思っていたのに。

どうして私達《わたしたち》は——二人でラブホテルに来ちゃってるの……⁉

時は少し遡《さかのぼ》る。

観覧車を降りた後は軽くお土産《みやげ》を見て回り——日が暮れる前には、私達《わたしたち》は遊園地を出発した。

この後の予定はなく、まっすぐ互《たが》いの家に帰る予定。

成人同士のデートにしては少し早い帰りかもしれないけれど、今日は夜から激しい雨が降る予報となっている。

早めに帰った方がいい、とタッくんが言ってくれた。

当然ながら……『帰したくないって言ったらどうします？』みたいな展開はなかった。うんうん。ないない。あるわけない。

日帰りデート最高ね！

「すみません、綾子《あやこ》さん、運転してもらっちゃって」

「いいのいいの。今日はなにからなにまでタッくんにエスコートしてもらっちゃったんだから、せめてこのぐらいはね」

帰りの車内——

せめてものお礼のつもりで、私が運転を申し出た。

インターチェンジで高速道路を降りて一般《いっぱん》道路へ。

あと三十分もすれば、このデートもおしまいとなる。

「雨が降り出す前に帰れそうですね」

助手席のタッくんが言った。

フロントから見える空では、徐々《じょじょ》に暗雲が立《た》ち込《こ》めつつあった。

「よかった。この服おろしたてだから、あんまり濡《ぬ》らしたくなかったし」

「へえ、新しい服だったんですね」

「え……あっ。た、たまたまね！　たまたま新品の服だっただけ！　別に今日のデートのために気合いを入れて新しい服を買ったとかじゃなくてね……」

慌《あわ》てて弁明する私だったけれど——直後。

バァン、と。

なにかが破裂《はれつ》するような音が、車内に鈍《にぶ》く響《ひび》いた。

同時に、ハンドルに伝わる感覚もなにか違和感《いわかん》を覚えるものとなった。

「へっ……え？　な、なに、今の音……？」

「……たぶん、タイヤがパンクしたんじゃ」

「ええっ！　そ、そんな……え？　ど、どうしたらいいの⁉」

「落ち着いてください！」

パニックに陥《おちい》りそうになる私に、タッくんは強い声で言う。

「急ブレーキはやめて、ゆっくり減速させて脇《わき》に寄せ停《と》まってください。パンクしたからって急にどうこうってことはないんで……。焦《あせ》らなくて大丈夫《だいじょうぶ》です」

「……う、うん」

力強い声のおかげで、私はどうにか冷静さを取《と》り戻《もど》した。

道路脇《わき》に車を停車させ、車から降りてみると——後ろのタイヤの一つが見事にパンクしていた。空気が抜《ぬ》け、車体の重みでタイヤが潰《つぶ》れてしまっている。

「なにか……踏《ふ》んづけちゃったのかしらね？」

「かもしれないですね。結構大きく穴開いちゃってるんで……。綾子《あやこ》さん、このタイヤ、いつから履《は》いてます？」

潰《つぶ》れたタイヤをあちこちの角度から見つめつつ、タッくんが言った。

「えっと、買ったときからずっとそのままだから、五年ぐらいかな……」

「じゃあ寿命《じゅみょう》だったかもしれないですね。溝《みぞ》もだいぶ薄《うす》くなってるし。まあ、なにはともあれ、高速でパンクしなくて本当によかったです。綾子《あやこ》さん、どこか契約《けいやく》してるロードサービスってありますか？」

「あ、うん……車を買ったときにおすすめされたのに、そのままずっと入ってて。一回も使ったことはないんだけど……えっと、カードどこにしまったっけ……？」

「ダッシュボードに、車検証と一緒《いっしょ》にしまってないですか？　そこにしまっとく人が多いって聞きますけど」

「あっ。そうそう、思い出した！　ずっとそこに入れっぱなし！」

どうしたらいいかわからなくなっている私とは対照的に、タッくんはとても落ち着いていて、冷静に指示を出してくれた。

私は契約《けいやく》しているロードサービスへと連絡《れんらく》するが——

「——はい。わかりました……」

「どうでしたか？」

「……ちょうど今、この辺りで呼び出しが重なっちゃったみたいで……すぐには来られないって。一時間ぐらいかかっちゃうみたい」

「そうですか……」

日は段々と暮れてきて、空に立《た》ち込《こ》める暗雲も濃《こ》くなっている。一時間も待っていたら、この辺りは豪雨《ごうう》に包まれるかもしれない。

ああ、どうしてこんなことに……。せっかく楽しいデートだったのに、最後の最後でこんなアクシデントに見舞《みま》われるなんて。

「綾子《あやこ》さん」

落《お》ち込《こ》む私に、タックんが言う。

「タイヤ、俺《おれ》が直してもいいですか？」

「……え？」

「まあ直すっていうか、テンパータイヤに交換《こうかん》するだけなんですけど」

「テ、テンパー……？」

「テンパータイヤっていうのは、車の後ろに積んである応急処置用のタイヤのことで……」

言いつつ、タックんは車のトランクを開ける。

そしてカーペットをめくると——そこには謎《なぞ》のスペースがあった。

やや薄《うす》いタイヤと、ジャッキなどの工具が入っている。

「よかったぁ。最近、テンパータイヤじゃなくて修理キットが標準装備の車も多いんですけど……タイヤの傷、結構大きかったから修理剤《ざい》じゃ無理そうだったんで」

「え？　え？　なにこれ？　ここって……開くの？　なんでこんなところに、タイヤが……。え？　私、入れてないわよ？」

何年も乗ってる車の知らないスペースから知らないものが出てきて、軽いパニックに陥《おちい》る私だった。

「車によっては、標準装備でテンパータイヤと、タイヤ交換《こうかん》用の工具一式がトランク下に入ってるんですよ。まあ……忘れてる人、多いんですよね。一応、教習所では習うんですけど」

苦笑《くしょう》するタッくん。

そういえば……教習所でそんなことを習ったような、習ってないような。

ああもうダメ。全然思い出せない。

だって免許《めんきょ》取ったのなんて……もう十年以上も前のことだもん。

「よいしょ、と」

トランクのスペースからタイヤと工具を取り出し、パンクしたタイヤの前に置いた。

「タッくん……パンク、直せるの？」

「まあ、交換《こうかん》するぐらいなら」

「す、すごい……」

「すごくないですよ。ただ、パンクしたタイヤを交換《こうかん》するだけなんで」

「でも……だってタッくん、自分の車を持ってるわけでもないでしょ？　それなのに、どうして……」

「うち、冬タイヤの交換《こうかん》とか、昔から全部俺《おれ》がやってるんですよね。母さんの車も父さんの車も。店に頼《たの》むと一台二千円だから、それを俺《おれ》がやって小遣《こづか》いゲット、みたいな感じで」

ああ……そういえば、やってたかも。

左沢家《あてらざわ》の駐車場《ちゅうしゃ》で、タッくんがタイヤを抱《かか》えて作業をしている姿を、何度か見かけたことがある。

「スペアタイヤに換《か》えるのは初めてですけど……まあ、たぶん大丈夫《だいじょうぶ》です。ちゃんと予習してきたんで」

「予習？」

「えっと……」

問い返すと、タッくんは一瞬《いっしゅん》『しまった』という顔をしてから、ポツポツと語り始める。

「最初のデートのとき、いろんなアクシデントを想定して準備してて……その中に、レンタカーがパンクするパターンも入ってた感じで……」

「そ、そんなことまで想定してたの？」

「……あはは。空回りもいいところですよね。そうやってあらゆるアクシデントの準備してたせいで……睡眠《すいみん》不足になって体調崩《くず》したわけですし」

自嘲《じちょう》気味に笑いつつ、タッくんは車の下にジャッキを入れた。

「でも、ちょっとは役に立ったみたいで、よかったです」

「タッくん……。わ、私、なにか手伝えることない？　なんでもやるから、なんでも言って」

「ありがとうございます。じゃあ、スマホのライトで照らしててもらっていいですか？　少し暗くなってきたんで」

「うん、わかったわ」

スマホのライト機能をオンにして、手元を照らすようにする。

タッくんは手慣れた様子で工具を操《あやつ》り、車体を持ち上げてタイヤを交換《こうかん》していく。真剣《しんけん》な顔つきで作業をする彼《かれ》は、なんだかとても頼《たの》もしく見えた。


テンパータイヤというものはあくまで応急処置用のタイヤで、長時間運転することは推奨《すいしょう》されていないらしい。

だからタイヤを交換《こうかん》した後、私達《わたしたち》は国道沿いのカーショップに向かった。

地方都市あるある。

インターチェンジ付近にはカーショップがいっぱい。

その一つに入って調べてもらうと――パンクしたタイヤは損傷がかなり酷《ひど》い状態で、買い換《か》えるしかないと言われた。他のタイヤに関しても『そろそろ替え時ですよ』とのことだったので、もののついでに四つ全部まるっと新品のタイヤにしてもらうことにした。

作業は、明日のお昼ぐらいまでかかるらしい。

私達《わたしたち》はカーショップを出て、国道沿いの道をバス停に向かって歩く。

残念ながら代車は全部出ているらしく、歩いて帰るしかなかった。

「明日、俺《おれ》がこの店まで送りますから。明日なら母さんの車、貸してもらえると思うんで」

「そうしてもらえると助かるわ。ありがとね」

日はすっかりと暮れてしまっていた。

国道沿いの歩道は様々な店舗《てんぽ》の輝《かがや》きで満ちていて、そんな騒々《そうぞう》しい光の中を私達《わたしたち》は早足で進んでいく。

のんびりはしていられない。

だってもう、雨が降り出しているから。

最寄《もよ》りのバス停までは――まだまだ距離《きょり》がある。

「すみません、もっとちゃんとした傘持ってくればよかったんですけど」

「ううん、タッくんは悪くないわよ。私の方こそごめん、傘忘れちゃって……」

「仕方ないですよ、ほんとはもっと早く帰る予定でしたから」

雨が降るのは夜からという予報だったから、私は傘を用意して来なかった。だから今は、タッくんが持っていた折り畳《たた》み傘に二人で入っている。

いわゆる相合《あいあ》い傘だけれど……色っぽい空気にはまるでならない。

二人とも、切羽詰《せっぱつ》まっている。

このまま予報通り雨が強まれば、小さな傘で大人二人をカバーするのは無理だろう。

だから私達は脇目《わきめ》も振《ふ》らずにバス停へと急ぐ——のだけれど。

「……綾子《あやこ》さん、大丈夫《だいじょうぶ》ですか？」

「だ、大丈夫《だいじょうぶ》……じゃない、かも。ごめん、私……走るのには不向きな靴《くつ》で来ちゃって……」

「あんまり急がなくていいですから」

「で、でも、もう雨が——」

なんて言ってるそばから。

ザアッ、と。

一気に雨が強くなった。

バケツをひっくり返したような雨が、アスファルトを強く叩《たた》く。

「うわっ……す、すご」

「降り出しちゃいましたね……。綾子《あやこ》さん、とりあえずあそこに避難《ひなん》しましょう」

豪雨《ごうう》の中、私達《わたしたち》は屋根がある場所へと急ぐ。

横殴《よこなぐ》りの激しい雨は、小さな折り畳《たた》み傘ではまるで防ぎ切れない。タッくんは懸命《けんめい》に傘を私に差そうとしてくれて、その気持ちはとても嬉《うれ》しかったのだけれど……傘をすり抜けた雨が私の体を強く叩《たた》き、彼の優《やさ》しさを無視するかのように、おろしたての服を無慈悲《むじひ》に濡《ぬ》らしていった。

『テナント募集《ぼしゅう》』の張り紙が目立つ空き店舗《てんぽ》の軒下《のきした》に着く頃《ころ》には、二人ともびしょ濡《ぬ》れになっていた。

「はあ、はあ……す、すごい雨ね。まさかこんないきなり降るなんて思わなかった……」

「ほんとですね……」

「タッくん、これ。ハンカチ使って。全然足りないかもしれないけど……」

「俺《おれ》より、綾子《あやこ》さんが先に使ってくださ――っ!?」

言葉の途中《とちゅう》で、タッくんが顔を赤くして顔を逸《そ》らした。

「どうしたの？」

「その……綾子《あやこ》さん、服……」

「え……きゃっ!?」

視線を下ろすと――上半身がかなり透《す》けていた。

濡《ぬ》れた白い服が肌《はだ》に張り付き、中の下着がほとんど見えてしまってる。

まずい。

透《す》けたこともまずいけれど――今つけてるブラジャーがまずい。だって今日のは……万が一、

憶が一のなにかに備えた、すっごく気合いの入った感じの勝負下着――

「うう……ち、違《ちが》うのよタッくん！　い、いつもこんな黒い下着つけてるわけじゃなくてね……今日はほんと、たまたまで……」

「いや、あの……と、とにかくこれ羽織っててください」

混乱しまくる私に、タッくんは優《やさ》しく上着をかけてくれた。

「濡《ぬ》れてるけど、少しは隠《かく》せると思うんで」

「あ、ありがと……」

「でも……どうしましょう」

タッくんは空へと視線を移す。

真っ黒な夜の空からは、土砂《どしゃぶ》降りの雨が降り続けていた。

「……全然、止《や》みそうにないわね」

「予報だと明日の朝まで止《や》まないらしいですね」

「そんな……どうしよう。こんなずぶ濡《ぬ》れじゃ、タクシーも乗れないし……ううっ」

急激に体が冷えて、身震《みぶる》いをしてしまう。ぐっしょりと濡《ぬ》れた服や下着が、どんどん体温を奪《うば》っていくようだった。

「大丈夫《だいじょうぶ》ですか、綾子《あやこ》さん？　寒いですよね……？」

「ううん、私よりタッくんの方が心配よ。また風邪《かぜ》引いちゃったら大変だもの。どこか、暖かいところに避難《ひなん》しないと……」

私達《わたしたち》は視線を周囲に彷徨《さまよ》わせ——そして、ほぼ同時に気づいた。

うってつけの場所を、発見してしまった。

地方都市あるある。

インターチェンジ付近には——ラブホテルがいっぱい。

「「………」」

一瞬《いっしゅん》にして変な空気となる。ホテル名や宿泊《しゅくはく》料金が記された看板は自己主張の強いショッキングピンクの輝《かがや》きを放ち、私達《わたしたち》から言葉を奪《うば》い去《さ》った。

わかってる。

頭ではわかってる。

今の状況《じょうきょう》に——ホテルはうってつけだ。雨をしのげるし、シャワーもある。服もドライヤーで乾《かわ》かせる。なんなら明日の朝まで泊《と》まっていったっていい。

これ以上ないぐらい、最高のスポット。

でも……あそこが特定の行為《こうい》を推奨《すいしょう》する特殊《とくしゅ》なホテルであることが、心を大いにかき乱して混乱させる。

うう〜、なんで？　なんで？

なんでよりにもよってラブホテルなの⁉

普通《ふつう》のホテルだって二人で行くってなったら変なことを意識しちゃうのに……それがラブホテルってなったら、もうそういう思考にしか――

「……あ、あはは。さすがにあそこは、まずい……わよね？」

沈黙《ちんもく》があまりに気まずすぎたので、私は笑って誤魔化《ごまか》そうとするが、

「……行きましょう」

タッくんは言った。

少し赤い顔で、でも真面目な顔をして。

「で、でも……」

「他にどうしようもないし……お願いします」

「お願いします、絶対になにもしないって約束しますから……！」

どこまでも誠実に言って、タッくんは頭を下げてきた。

そんな風に頼《たの》まれてしまったら……私はもう、頷《うなず》くしかなかった。

かくして。

私達《わたしたち》は豪雨《ごうう》から避難《ひなん》するために仕方なく――本当に仕方なく、ラブホテルへとやってきたのだった。

タッくんの提案に従った形にはなってしまったけれど——彼《かれ》に下心がないことは、ちゃんとわかっている。

私の体を思いやってくれたからこその決断だと思うし、私だってタッくんが風邪《かぜ》をぶり返すような事態は避《さ》けたかった。

お互《たが》いに相手を思いやり、最も合理的な行動を取っただけ。

理性の部分では、ちゃんとわかっている。

でも。

理屈《りくつ》ではどうにもならない部分が……思考を乱して鼓動《こどう》を強くする。

ホテルに入ってからずっと、心臓がうるさいぐらいに騒《さわ》ぎ続けている。

「お……お待たせ」

シャワーを浴び終え、着替《きが》えてから浴室を出る。

部屋では彼《かれ》が、私の服にドライヤーをかけていた。浴室で脱いだ後に外に出しておいた服を、丁寧に乾《かわ》かしてくれる。

「ありがとう、タッくん。あと私がやるから、早く入って」

「はい……でも、まだちょっと濡《ぬ》れて——」

振《ふ》り返《かえ》ったタッくんは、呆《ほう》けたように硬直《こうちょく》する。

たぶん——私の格好のせい。

ホテルにあった、アメニティの白いガウン。

着替《きが》えなんて持ってきていないから、これを着るしかなかった。下着もびしょ濡《ぬ》れだったから、ガウンの下にはなにも穿《は》いてない――

「……や、やだもぉっ。見すぎっ！　見すぎよ、タッくん」

「うあっ……す、すみません。その、あまりに刺激的《しげき》だったんで……」

「～っ！　しょ、しょうがないでしょ！　他に着るのないんだから！」

ああ、もうやだ……恥《は》ずかしい。顔から火が出そう。仕方ない状況《じょうきょう》とは言え、下着も身につけないまま、薄《うす》いガウン一枚だけ羽織ってタッくんの前に立っちゃってる。

こんなの、ほとんど裸《はだか》みたいなものじゃない……！

「あの……じゃあ俺《おれ》、シャワー浴びてきます」

「うん。私は、美羽《みう》に電話かけとくね。その、えっと……今日は、帰れないって」

「……お願いします」

私のぎこちない言葉に、タッくんもまたぎこちなく応じて、そして着替《きが》えのガウンを用意してから浴室へと入っていく。

「……はあー」

一人になった私は、ソファに倒《たお》れ込《こ》むように腰掛《こしか》け、盛大《せいだい》に息を吐《は》いた。

「ど、どうしよ……まさか、タッくんとお泊《と》まりしちゃうなんて……！」

それも――場所はよりにもよってラブホテル。

なにをどう間違《まちが》えたら、こんな突飛《とっぴ》なシチュエーションに放《ほう》り込《こ》まれてしまうのだろう？

「だ、大丈夫《だいじょうぶ》よ！　タッくん、絶対になにもしないって言ってたし……うん、タッくんなら信頼《しんらい》できる！　大丈夫大丈夫《だいじょうぶだいじょうぶ》、なにもないなにもない……」

不安のあまり、一人で叫《さけ》びまくってしまう私だった。

「……あっ。そうだ、電話電話」

スマホを取り出す。

電話をかけると、美羽《みう》にはすぐに繋《つな》がった。

一つ深呼吸をしてから、冷静に落ち着いて、絶対に誤解されないように、今の状況《じょうきょう》を丁寧《ていねい》に伝え――もちろんラブホテルという部分だけは伏《ふ》せて伝えた。

「――うん、ごめんね。だから今日の夜は一人で食べて。冷凍庫《れいとうこ》に唐揚《からあ》げとかあったと思うから、適当に……。――ち、違《ちが》うわよ、なに言ってるの！　――そうじゃないの、本当に仕方がなかったの！　――連泊《れんぱく》なんてしません！　――ち、ちち、ちがちがっ、な、なに言ってるの……⁉　全然、ぜーんぜん、普通《ふつう》のホテルよ！　本当に普通《ふつう》のホテル！　もう普通《ふつう》すぎてびっくりするぐらい普通《ふつう》！　――名前⁉　ホテルの名前は、ええと……ああっ、充電《じゅうでん》が切れそうっ、ごめんバイバイ！」

強引《ごういん》に電話を終える。

ふう。どうにか誤魔化《ごまか》せた……のかしら？　うーん、ああもう知らない。考えたくない。とりあえず、今日は帰れないということだけは伝えられたから、よかったとしよう。

「ええと、次は……そうそう、タッくんの服も乾《かわ》かしてあげなきゃ。タッくん、私の服ばっかり優先して、自分のは放置してたし」

ドライヤーを手に取り、乾《かわ》かし途中《とちゅう》だった私の服と一緒《いっしょ》に、タッくんが浴室から外に出しきた服も乾《かわ》かしていく。

その途中《とちゅう》で——彼《かれ》が浴室から出てきた。

格好はもちろん、私と同じガウン姿。

多分下着も身につけず、白い布一枚を羽織っているだけ——

「……綾子《あやこ》さんも、見すぎじゃないですか？」

「〜っ！　み、見てない見てない！」

照《て》れ臭《くさ》そうに指摘《してき》され、慌《あわ》てて目を逸《そ》らす。うう、しまった。ついしっかり見ちゃった。ちょっと開いた胸元《むなもと》を注視しちゃった。思い切り意識しちゃった。

ほとんど裸《はだか》みたいな、お互《たが》いの格好を——

「乾《かわ》かすの、俺《おれ》も手伝います」

「……う、うん」

二人で乾《かわ》かし作業を続けるも、私は彼《かれ》を直視できない。タッくんの方も顔を赤くして押《お》し黙《だま》ってしまっている。

ああ、まずい、この空気はまずい。

悶々《もんもん》としすぎて……目眩《めまい》がしそう。

空気をどうにか変えようと、私は視線をあちこちに泳がせるも——そこでもっと悶々《もんもん》とするものを発見してしまった。

えー。

うわー……。

な、なんでここに、こんなものが……？

「どうかしましたか？」

「あ、えっと……これ、見つけちゃって」

戸惑《とまど》いつつも、私は洗面所にあった一つのボトルを手に取る。

手のひらサイズのもので——

ラベルには大きく『LOTION』と書かれていた。

「あ、あはは……さすがはラブホテルね。こんなところに普通《ふつう》にローションが置いてあるなんて」

「え……あ、いや」

タッくんはすごく言いにくそうに言う。

「それ……化粧水《けしょう》って意味の『LOTION』だと思うんですけど」

「……え？」

「おそらく、綾子《あやこ》さんがイメージしてるようなローションではないかと……」

「………えええええっ⁉」

頭をハンマーで殴《なぐ》られたような衝撃《しょうげき》。

慌《あわ》ててラベルを再確認《かくにん》すると、細かい成分表が書かれた裏面《りめん》には、小さく『化粧水《けしょう》』と日本語で書かれていた。

うわあ。

や、やっちゃった！　これは完全にやってしまった！　ものすごく恥《は》ずかしい勘違《かんちが》いをしてしまった！

恥辱《ちじょく》のあまり絶望に暮れる私だったけれど、

「……ぶふっ」

そこでタッくんが、吹《ふ》き出《だ》すように笑った。

「いやっ、すみません。笑ってません。笑ってないで……くっ……ふふふっ」

「なっ……そ、そこまで笑わなくてもいいでしょ！」

「すみません……でも、おかしくて。普通《ふつう》、間違《まちが》えます？」

「うぐ……！　しょ、しょうがないでしょ、間違《まちが》えちゃったんだから！」

「いくらラブホテルだからって、洗面所にヌルヌルする方のローションは置かないですよ」

「そ、そんなのわからないでしょ！　世界のどこかには洗面所にヌルヌルする方のローションが置いてあるラブホテルがあるかもしれないし……」

「そうですね、あるかもしれないですね……くっ、あははは」

「う〜、笑いすぎよ……！　タッくんのバカぁ……」

気が抜《ぬ》けたように笑うタッくんと、子供みたいに拗《す》ねる私だった。


幸か不幸か。

ローション事件以降、空気が少し軽くなった。

まだ恥《は》ずかしさは残るけれど、どうにか普通《ふつう》に会話ができるようになった。

服を乾《かわ》かし終えた後は、ルームサービスで夕食を取りつつ、壁《かべ》に張り付いていた大きなテレビを見て過ごした。

……ラブホテルと言えばなんとなく、常時エッチなビデオが流れてるようなイメージがあったけれど、ちゃんと普通《ふつう》の番組を見ることもできた。

バラエティやドラマを見ながら談笑《だんしょう》していると、ここがラブホテルということを忘れてしまいそうになる。

でも――

そんな穏《おだ》やかな空気は、やがて終わりを迎《むか》える。

「……そろそろ、寝《ね》ましょうか」

十一時をすぎた辺りで、タッくんが緊張《きんちょう》を伴《ともな》う声で言った。

「そうね……」

頷《うなず》くけれど、それっきり言葉が尽《つ》きてしまう。

私と彼《かれ》の視線は、ちらちらと何度もベッドに向かう。

部屋の一角を陣取《じんど》るような、大きなダブルベッド。

そう、ここはラブホテル。

当然ながら――ベッドは一つしかない。

そんなことは、ここに入る前からわかっていたこと。

でも私達《わたしたち》は、ずっとその問題から目を逸《そ》らし、先送りにし続けていた――

「綾子《あやこ》さん、ベッドで寝《ね》てください」

気まずい沈黙《ちんもく》を破ったのは、向こうだった。

「俺《おれ》はソファで寝《ね》ますから」

「え……そんな、悪いわよ」

「気にしないでください。つーか……綾子《あやこ》さんをソファで寝《ね》かせるなんてできませんから。そんなことしたら、俺《おれ》、罪悪感で寝《ね》られなくなるし」

「でも……」

「お願いします」

その後も何度か問答を繰《く》り返《かえ》すけれど、結局は私が押《お》し切《き》られる形となった。

それぞれの寝床《ねどこ》を軽く準備した後に、枕元《まくらもと》のパネルを操作して……悪戦苦闘《あくせんくとう》しながら操作して、部屋の電灯を一番弱くする。

「じゃあ、おやすみなさい」

「お、おやすみ……」

挨拶《あいさつ》を済ませ、それぞれ床《とこ》につく。

私は広いベッドに、タッくんは狭《せま》いソファに。

「…………」

当然ながら——眠《ねむ》れるはずもなかった。

『ラブホテルでお泊《と》まり』というシチュエーションに緊張《きんちょう》してしまっているというのもあったけれど、それ以上に彼《かれ》が心配だった。

ちらり、と視線をやる。

彼《かれ》は狭《せま》いソファに、足を折《お》り畳《たた》んで窮屈《きゅうくつ》そうに横たわっていた。やはり寝心地《ねごこち》はかなり悪いようで、もぞもぞと体を動かしている。

「……眠《ねむ》れないの？」

「あ……すみません、うるさかったですか？」

「ううん。うるさくはないけど……寝《ね》づらそうだな、と思って」

「だ、大丈夫《だいじょうぶ》です。そこまで寝苦《ねぐる》しいわけじゃないし……まあ最悪、一晩ぐらい寝《ね》なくても大丈夫《だいじょうぶ》なんで」

明るく、努めて明るく言う。それが私への気遣《きづか》いなのは明白だった。彼《かれ》の優《やさ》しさは嬉《うれ》しいけれど、それ以上に心苦しかった。

「……タッくん」

気づけば、私は口を開いていた。

「ホテル入る前に、言ってくれたわよね？　絶対になにもしないって」

「え……は、はい」

「緊急《きんきゅう》事態だからここに避難《ひなん》しただけで、なにか……その、下心があったわけじゃないんでしょう？」

「も、もちろんです」

「……うん。私も、ちゃんと信じてるわ。タッくんには下心なんてないって。絶対になにもしないって約束してくれたのは、嘘《うそ》じゃないって」

だから、と言って。

信じられないぐらいに加速していく鼓動《こどう》を感じながら、私はかぶっていた布団《ふとん》を少しあげた。

「一緒《いっしょ》に、寝《ね》よ」

それから何度か問答を繰《く》り返《かえ》した後、最終的にはタッくんが折れて、二人で一緒《いっしょ》にダブルベッドに寝《ね》ることになった。

もちろん、恋人《こいびと》みたいにくっついて寝《ね》たりはしない。同じベッド、同じ布団《ふとん》を共有していると言っても、ベッドの端《はし》と端《はし》に分かれて横たわっている。

二人でも十分眠《ねむ》れるぐらい広いベッドだから、体は全く接触《せっしょく》していない。

でも、それなのに――

私の鼓動《こどう》は、バクバクと高鳴って一向に収まる気配がない。

「～っ」

どうしようどうしようどうしよう。

寝《ね》ちゃってる、私、タッくんと一緒《いっしょ》に寝《ね》ちゃってる……!?

ああ、どうしてこんなことに……まあ、誘《さそ》ったのは私なんだけど。私が自分から誘《さそ》ったんだから、私がテンパってしまうのはおかしいのはわかっているんだけど……う～、あ～。

もちろんタッくんのことは信じている。信じている、けど……でも男の人って、どうしようもないときもあるんじゃないの!?　頭ではわかってるけど、体が制御《せいぎょ》できなくなる瞬間《しゅんかん》もあるんじゃないの!?


ましてや私はタッくんの……その、想《おも》い人なわけだし？

つまり彼《かれ》の視点からすれば、好きな女性と同じベッドで寝《ね》ているわけで……そんなシチュエーションじゃ、男は我慢《がまん》できなくなってもしょうがないんじゃないかしら……!?

まして今回は……完全に私から誘《さそ》った形。

万が一彼《かれ》の下半身が暴走したとしても……なにも言う権利はない。

しかも思い出してみれば——私達《わたしたち》は今、下着一つ身につけていないという危機的な状態。

こんな格好で男をベッドに誘《さそ》って、なにか間違《まち》いが起きたところで……被害《ひがい》者ヅラは許されないだろう。

なにかあったところで——しょうがないと思う。

いや……別に襲《おそ》って欲《ほ》しいとかそういうわけじゃなくてね！

ただ、その……もし向こうの下半身が暴走してしまったとき、私に拒絶《きょぜつ》する権利はあるのだろうかという葛藤《かっとう》が……。十代ならともかく、三十代の女が自分からベッドにまで誘《さそ》っておいて、いざ迫《せま》ってこられたとき「そういうつもりじゃなかった」という言い訳をして果たして通用するのかという懊悩《おうのう》が……。

下半身。

タッくんの下半身……うわああっ！　まずいまずい、思い出しちゃった！　この前お見舞《みま》いに行ったときのこと、鮮明《せんめい》に思い出しちゃった！

パジャマの布地を押《お》し上《あ》げ、天に向かって激しく隆起《りゅうき》した『雄《おす》』の象徴《しょうちょう》――

うう……ダメダメ、こんなこと考えちゃダメなのに……ああ、全然映像が消えない。一回意識したら全然消えてくれないぃ～っ！

「綾子《あやこ》さん……」

「ひゃ、ひゃいっ⁉」

背後から、タッくんが声をかけてきた。頭の中が卑猥《ひわい》な映像でいっぱいになっていた私は、思い切り変な声を出してしまう。

「ど、どうしました？」

「ううんっ、なんでもないのっ」

脳内の映像を必死に振《ふ》り払《はら》った後、私は努めて冷静な声で応じる。

「タッくん……どうかしたの？」

「いや、なんか眠《ねむ》れなくて。綾子《あやこ》さんも、起きてました？」

「……うん。バッチリ起きてた」

「ですよね」

「あはは、眠《ねむ》れるわけないわよね……」

一瞬《いっしゅん》だけ背後を見やると、タッくんはこちらに背を向けたままだった。私も彼《かれ》に合わせて、もう一度反対側を向く。

互《たが》いにそっぽを向いたまま、私達《わたしたち》は言葉を交《か》わす。

窓の外ではまだ雨が降り続けている。でもさすがはラブホテルというべきなのか……防音はしっかりしているようで、外からの雨音はかなり小さい。

だから。

小声で話していても——相手の声がよく聞こえる。

「そういえば……昔もありましたよね、一緒《いっしょ》に寝《ね》たこと」

「あったわねー。美羽《みう》と一緒《いっしょ》に、三人で眠《ねむ》ったんだっけ？」

「そうですね。三人で、川の字になって……」

あんまり具体的には覚えていないけれど、何回かあったと思う。タッくんが遊びに来て、美《み》羽《う》が昼食後に眠《ねむ》そうになったとき、「じゃあ三人で一緒《いっしょ》にお昼寝《ひるね》しましょうか」みたいな軽いノリで。

「……昔は普通《ふつう》だったのよね。タッくんと一緒《いっしょ》に寝《ね》ても、なんとも思わなかったのに」

でも——今は違《ちが》う。

こうして一緒《いっしょ》に寝《ね》ていることが、恥《は》ずかしくて恥《は》ずかしくてたまらない。

「はあ……なんか最近、こんなことばっかりね」

昔は平気だったことを、思い切り意識してしまう。

『あーん』だって、手を繋《つな》ぐことだって……タッくんが小さい頃《ころ》には自然にできたことなのに、今は全然普通《ふつう》にできない。

タッくんが大きくなったこともあるけれど——一番の理由は。

彼《かれ》の想《おも》いを、知ってしまったから。

彼《かれ》が私をどう見ているのか、どう見てきたのか、わかってしまったから。

「……すみません」

「え？　ど、どうしたの急に？」

「俺《おれ》のせい、ですよね？　俺《おれ》が告白なんかしたせいで、綾子《あやこ》さんにはいろいろと面倒《めんどう》な思いさせちゃって」

「タッくんは悪くないわよ。.私が勝手に意識して狼狽《うろた》えてるだけで……」

「聡也《さとや》にも言われたんですよね。『告白は人間関係を壊《こわ》す爆弾《ばくだん》』って。実際……そうだと思います。もう俺達《おれたち》は……元の関係には戻《もど》れませんから」

「…………」

そう、なのかもしれない。

私達《わたしたち》はもう戻《もど》れない。

以前のただ仲のよかったご近所さんには。

これからどんなに努力したとしても、完全に元通りにはなれないだろう。

「……後悔《こうかい》は、ずっとありました。告白なんてしなきゃよかった。俺《おれ》が告白さえしなきゃ、俺《おれ》達《たち》はずっと今まで通りの関係でいられたのにって……」

でも、とタッくんは続ける。

少し沈《しず》んでいた声音《こわね》に、強い意思を乗せて。

「今は——告白してよかった、って思う気持ちの方が強いです」

「え……」

「だって告白したおかげで——今まで知らなかった綾子《あやこ》さんに会えたから」

それは、本当に嬉《うれ》しそうな声だった。

「俺《おれ》が告白したせいで、綾子《あやこ》さんはすごく動揺《どうよう》してて、困ってて……それをすごく申し訳なく思う気持ちもあるんですが……でも『困ってる綾子《あやこ》さん、かわいいな』って思っちゃう気持ちもちょっとはあって」

「なっ……そ、そんなこと考えてたの!?」

「すみません、考えてました……」

申し訳なさそうに言うけれど、否定はしてくれなかった。

ふ、複雑な気分……！

困ってるのがかわいいって……な、なにそれぇ？

喜んでいいのか怒《いか》ればいいのかわからない……。

「告白したおかげで、今まで見たこともない綾子《あやこ》さんをたくさん見ることができたし——それになにより、綾子《あやこ》さんが俺《おれ》を見てくれた。少しは……男として意識してくれた。そのことが……すごく嬉《うれ》しいんです」

「タッくん……」

告白以降、私達《わたしたち》の関係性はがらりと変わった。

爆弾《ばくだん》を落としたように、一変した。

でもそれは、決して悪いことばかりじゃない——

「わ、私も、嬉《うれ》しい……部分も、あったり……」

反射的に口を開くも、語尾《ごび》はどんどん自信なさげになってしまった。

「タッくんから告白されて……いろいろ考えて、いろいろ悩《なや》んで……大変なことも多かったけど——でもね、告白されない方がよかったっては、思ってない」

「…………」

「私、鈍感《どんかん》だからさ……告白されるまで、ずっとタッくんの気持ちに気づいてあげられなかったし。もしも告白されてなかったら……一生、気づけないまま終わってたかもしれない」

気持ちに気づいてあげられないどころか、娘《むすめ》との恋愛《れんあい》を後押《あとお》しする始末だった。

今になって思い返すと——残酷《ざんこく》なことをしていたと思う。

私を好きになってくれた男の気持ちに気づいてあげられず、それどころか他の女との恋愛《れんあい》を応援《おうえん》しようとしていたのだから。

「だから……タッくんが告白してくれて、本当によかった。おかげでタッくんの本当の気持ちと、向き合うことができるから……」

私は言う。

「ありがとう、タッくん。勇気を出して告白してくれて」

「綾子《あやこ》さん……」

「それなのに……ご、ごめんね。全然、返事ができてなくて……。私が優柔《ゆうじゆうふ》不断《だん》なせいで……中途半端《ちゆうとはんぱ》な状態になっちゃって」

「いえっ、気にしないでください。前も言いましたけど……今の状態でも十分幸せですから。返事を待つ、って決めましたし」

「…………」

ああ、タッくんは本当にいい子だなあ。

ううん。

いい子なんて言ったら、失礼だ。

いい子じゃなくて——いい男だと思う。

一人の男性として、とても魅力《みりよく》的だと思う。

今日のデートや、パンクというアクシデントに対する対応、そしてホテルに入ってからの態度……その全てが格好よくて頼《たよ》りがいがあったし、なにより誠実さに満ちていた。

私への想《おも》いがどんどん伝わってきて——だから、どんどん惹《ひ》かれていく。

彼《かれ》の一挙手一投足から目が離《はな》せなくなり、そばにいてもそばにいなくても、彼《かれ》のことばかり考えてしまう。

「……もしも」

私は言う。

彼《かれ》とは反対の方を向いたまま、虚空《こくう》に向かって独り言のように。

「もしも私が若かったら、もっと簡単に決断できたのかな？」

それは——考えてもしょうがないこと。そんなことはわかっている。でも、考えずにはいられなかった。

「私が、タッくんと同じぐらいの年齢《ねんれい》だったら……同い年の大学生だったら、こんな風に足踏《あしぶ》みしてないで、こんな風に面倒臭《めんどうくさ》くならないで、もっと、簡単に——」

もしも私が、もっと若かったら。

もしも私が、子供だったなら。

もしも私に——美羽《みう》がいなかったら。

私はたぶん、タッくんと付き合っていたと思う。

だって──断る理由がなにもない。

告白にオッケーして付き合って、誰《だれ》もが羨《うらや》むような幸せなカップルになれたかもしれない。

でも──今の私にはそれができない。

大人としてのしがらみが、私が踏《ふ》み出《だ》そうとする足を止める。

──足踏《あしぶ》みの理由に年齢《ねんれい》を使うには、きみはまだまだ若すぎる。

狼森《おいのもり》さんはそんなことを言っていたけれど……でも、無理だ。

若くない。

私はもう、若くないんですよ、狼森《おいのもり》さん。

気持ち一つで恋愛《れんあい》できるような年齢《ねんれい》じゃないし──なにより私には、美羽《みう》がいる。大事な大事な一人娘《ひとりむすめ》がいる。

ああ──

こんな風に『もしも』を考えてしまうことだけでも……自分が情けなくなってくる。『もしも美羽《みう》がいなかったら』なんて、そんなことは想像《そうぞう》でも考えたくない。美羽《みう》を邪魔《じゃま》者扱《あつか》いしてるみたいで……自分で自分に腹が立つ。

あるいは。

これから先、もっとこんな想像《そうぞう》が増えてしまうのかしら？

タッくんとの関係が深まれば深まるほど、私は、美羽《みう》のことを──

「うーん。どう……なんですかね？」

しばらくの間があった後、タッくんは言った。

私の独白めいた自嘲《じちょう》に対する答えを。

「考えたこともなかったですね。綾子《あやこ》さんが……もっと若かったら、なんて」

「え？　そう、なの？」

「逆は結構あるんですけどね。俺《おれ》がもっと年上で大人だったなら、綾子《あやこ》さんと釣《つ》り合《あ》う男になれたかな、とかって。でも——綾子《あやこ》さんが若かったらなんて、一度も考えたことないです」

だって、とタッくんは言う。

「俺《おれ》が好きになったのは——美羽《みう》の母親として生きてる綾子《あやこ》さんですから」

「…………」

「姉夫婦《ふうふ》の子供だった美羽《みう》を引き取って、たくさんの愛情を注いで育てている綾子《あやこ》さんに、俺《おれ》は惹《ひ》かれたんです。だから……もし綾子《あやこ》さんがもっと若かったら——同じ大学に通う同級生として出会ったとしたら……たぶん、好きになってないと思いますね」

「…………」

「ああっ、いやっ、大学生の綾子《あやこ》さんももちろん魅《み》力《りょく》的だと思うんですけどね！　でも、ええと、なんて言ったらいいのか……」

「…………」

慌《あわ》てふためくタッくんに、私はなにも言えない。

だって。

涙《なみだ》を堪《こら》えるのに必死だったから。

ああ――

そうか、そうよね。

私はなんで、こんなつまらないことで不安になってたのかしら？

今私を好きだと言ってくれる男の子は――左沢巧《あてらざわたくみ》なのよ？

この十年、誰《だれ》よりも私のそばにいて、誰《だれ》よりも私を支えてくれた少年。

そして――誰《だれ》よりも私を見てきてくれた相手。

突発《とっぱつ》的な感情だけで愛を訴《うった》えているわけじゃない。私の全てを知って、全てを受け入れた上で、それでも『好きだ』と声高《こわだか》に叫《さけ》んでくれる。

一瞬《いっしゅん》でも美羽《みう》を邪魔《じゃま》者扱《あつか》いしてしまった自分が、本当に恥《は》ずかしい。

タッくんは――そんなこと全く考えていなかったというのに。

娘《むすめ》のことを、障害だともハードルだとも考えず、私という女の、人生の一部だと思ってくれている。

全部ひっくるめて受け止めようとしてくれている――

「……ふふっ」

涙《なみだ》に耐《た》えた後は、自然と笑《え》みが零《こぼ》れてしまった。

「ということはやっぱり、タッくんは熟女趣味《しゅみ》ってことね」

「ええっ？　いや、そういう話じゃ――」

「ふふっ。冗談《じょうだん》よ」

笑い飛ばすように言ってから、私はゆっくりと寝返《ねがえ》りを打つ。

ベッドの反対側には、彼《かれ》の広い背中が見えた。

別に私は背中フェチというわけでもないのだけれど……見ていると胸がドキドキと高鳴った。

顔が熱くなり、頭がボーッとしてくる。

「ね、ねえ、タッくん」

張《は》り裂《さ》けそうな鼓動《こどう》を感じながら、私は言う。

「ちょっと……寒くない？」

「え……だ、大丈夫《だいじょうぶ》ですか？　やっぱり体が冷えちゃったんじゃ……俺《おれ》、フロントに電話して毛布をもっともらえるように――」

「ち、違《ちが》う違《ちが》う！　そこまでじゃないの！」

予想以上の誠実な対応に慌《あわ》ててストップをかけてから、私は続ける。

「寒いって言っても……ほんのちょっとだから。たぶん……す、隙間《すきま》のせいだと思うのよねっ。私達《わたしたち》の間に隙間《すきま》があるから、布団《ふとん》が動くときに冷たい空気が入っちゃって……だ、だから」

私は言う。

なんで自分がこんなことを口走っているのか、さっぱりわからないまま、

「そっち、行ってもいい？」

「え……」

「さ、寒いから仕方なくねっ。くっついて寝《ね》た方が、お互《たが》いに快適に眠《ねむ》れると思うから、ほんと、それだけで……他意は全くなくて……」

「俺《おれ》は……か、構いませんけど」

「……そ、そう？　じゃあ……お邪魔《じゃま》、します」

布団《ふとん》の中でもぞもぞと動いて、彼《かれ》の方に寄っていく。

心臓は今にも張《は》り裂《さ》けそうだったけれど、それでも、少しずつ――

もちろんくっつくと言っても、べったりと密着するような真似《まね》はしない。

手や足が、ほんの少し触《ふ》れる程度。

たったそれだけの接触《せっしょく》でも、相手の体温をリアルに感じてしまい――体が信じられないぐらいに熱くなった。

「……確かに、くっつくと温かいですね」

「うん……あっ、でも、タッくんはこっち向いちゃダメだからね。ずっとそっち向いてて」

「どうして……」

「どうしてもっ」

だって──見せられるはずがない。

今の顔を、見せるわけにはいかない。

こんな……恥《は》ずかしいぐらいに舞《ま》い上《あ》がって浮《う》かれている女の顔なんて──

彼《かれ》の背に、そっと手を添《そ》える。

大きく広くて、温かな背中。

不思議な気分だった。

胸は高鳴っているはずなのに、気持ちはとても穏《おだ》やか。

安らぎに満ちた温《ぬく》もりが、体と心を包《つつ》み込《こ》む。

気がつけば私は、とても幸福な気持ちのまま、ゆっくりと眠《ねむ》りに落ちていた。

エピローグ

♥

翌朝——

「タッくん、眠《ねむ》そうだけど……あんまり眠《ねむ》れなかった？」

「……そうですね。結局、ほとんど寝《ね》てなくて」

「そっか。やっぱり慣れない環境《かんきょう》だと寝《ね》にくいわよね」

「まあ……ほぼ綾子《あやこ》さんのせいなんですけど」

「……え？」

「綾子《あやこ》さん、寝相《ねぞう》が酷《ひど》くて」

「う、嘘《うそ》っ⁉ 私、蹴《け》ったりしちゃった⁉」

「いや、俺《おれ》を蹴《け》りはしなかったんですけど……暑かったのか、布団《ふとん》を蹴飛《けと》ばしてて」

「え……」

「布団《ふとん》から出ちゃうと、下はガウン一枚だから、あちこちが大変なことになってて……」

「え？ え？」

「だから俺《おれ》は、一晩中綾子《あやこ》さんに布団《ふとん》をかける仕事をしてた感じで」

「そ、そんなことが……ちょ、ちょっと待って！ あちこち大変なことって……私、どんな状態だったの!?　どんな醜態《しゅうたい》さらしてたの!?」

「だ、大丈夫《だいじょうぶ》です。どうにか理性を働かせて、写真だけは撮《と》らないようにしましたから!」

「それ、大丈夫《だいじょうぶ》って言わなくない!?」

そんな楽しいやり取りをしつつ、ラブホテル特有の出入り口にある精算機で会計を済ませ、私達《わたしたち》は部屋を出た。

念には念を入れて別々にホテルを出た後、途中《とちゅう》で合流して一緒《いっしょ》にバスに乗る。

雨はもう、すっかり上がっていた。

家に帰った後は約束通り、タッくんが朋美《ともみ》さんの車を借りて、私をカーショップまで送っていってくれた。

タイヤ交換《こうかん》が終わった車を取りに行き家に帰ったところで——ようやく、一段落したような気がした。

怒濤《どとう》の展開が連続した初デートだったけれど、どうにかこうにか終わりを迎《むか》えた。

そのはずなんだけれど——

「……えへへ」

「ちょっとママ……気持ち悪いから一人で笑わないでよ」

その日の夜。キッチンで夕飯の支度《したく》をしていると、リビングのソファに座《すわ》っていた美羽《みう》が呆《あき》れたような声で言った。

「え……わ、私、笑ってた？」

「笑ってた。帰ってきてからずっとそんな調子だけど……タク兄《にい》とのデート、そんなに楽しかったの？」

「なっ……ち、違《ちが》うわよっ。なに言ってるの？　今のはただの思い出し笑いで、タッくんとは全然関係なくて……」

慌《あわ》てて言い訳するけれど――嘘八百《うそはっぴゃく》だった。

本当はずっと、タッくんのことばかり考えている。

昨日……というか今日の朝までのデートを思い出しては、幸福で満ち足りた気分になってしまっている。

まだ夢の中にいるみたいで、現実に気分が戻《もど》ってこない。

そんな浮《う》かれた気持ちが、思い切り表情に出ていたらしい。ああ……うん。そりゃ確かに気持ち悪いわね。ずっと一人でニヤニヤしてるんだもん……。

「まあ、初デートでバッチリ朝帰り決めちゃったんだもんねー。浮《う》かれちゃうのもしょうがないか」

「だ、だから、浮《う》かれてなんか……」

「ママ……弟か妹ができたら、私が名前つけてもいい？」

「気が早すぎるでしょ！　だから何回も説明したけれど、私達《わたしたち》はまだそういうことは——」

「まだ？」

「〜〜っ⁉　ち、違《ちが》う、違《ちが》うの！　今のは言葉の綾《あや》っ！　と、とにかくなにもなかったの！」

必死に身の潔白を訴《うった》える私だった。

美羽《みう》はくすくすと笑ってから、

「でもさ、本当になんの進展もなかったわけじゃないでしょ？　さすがに次のデートの約束ぐらいはしたんじゃないの？」

と尋《たず》ねてきた。

「それは……した、けど」

「へえ、そうなんだっ。次はどこ行くの？」

「まだわからないわよ……。次もたぶん、タッくんが考えてくれるんだと思うし」

「ふうん？　そうなんだ。次はママが考えてあげればいいのに」

「な、なんでよ？　そんなのおかしいでしょ？」

「なにがおかしいの？」

「だって」

私は言う。

「好きだって言ってるのは、向こうなんだから」

言ってから——あれ？　と思った。

なにかがおかしい気がする。

なんだか——すごく傲慢《ごうまん》なことを言ってしまったような気がする。

間違《まち》っている……わけではない。

だって、私からなんて誘《さそ》えるわけがない。

そんなことをしたら——もう好きと言ってるようなものだから。告白の返事にオーケーを出したようなものだから。なによりこっちから誘《さそ》うなんて……恥《は》ずかしくてできるわけがない。

だから向こうから誘《さそ》ってくるのが普通《ふつう》のことで——あれ？

それが、普通《ふつう》なの？

それを、普通《ふつう》と思ってしまっていいの？

ふと、狼森《おいのもり》さんの言葉が脳裏《のうり》をよぎる。


——歌枕《かつらぎ》くんが悩《なや》む必要はなにもない。頭を悩《なや》ますのは向こうの仕事で、きみはどんと構えて相手のエスコートを待てばいい。

——恋《こい》の主導権は常にきみの手にある。

――考えようによっては、最高に楽しい状況《じょうきょう》じゃないか。黙《だま》っていれば向こうからガンガンアプローチしてもらえる。付き合うか否《いな》かは己《おのれ》の胸先《むなさき》三寸。

――若い男から向けられる青臭《あおくさ》い恋心《こいごころ》を、自分の掌《てのひら》で転がして遊んでいるようなものさ。ある意味、多くの女性が夢見るシチュエーションだと思うがね。

この言葉を、私は否定した。

そんな不誠実なことはできない。

逃《に》げずに彼《かれ》と向き合いたい。

そう強く否定した――はずだったのに。

今の私は、どうなんだろう？

デートが楽しすぎたせいで浮《う》かれて舞《ま》い上《あ》がって、「次のデートはどこに連れてってもらえるのかなあ」と彼《かれ》からのアプローチを期待して胸を膨《ふく》らませて。

結局それは、狼森《おいのもり》さんが言っていた『若い男の青臭《あおくさ》い恋心《こいごころ》を弄《もてあそ》んでいる』ような行為《こうい》と、なんら変わりがないことなんじゃ――

おかしい。どうして。

私は彼の想《おも》いを全て、ちゃんと受け止めようとしていただけなのに。

「ふーん。あっそ」

思案に沈《しず》む私の耳に、心底つまらなそうな声が響《ひび》いた。

「なんだかなあ……。結局——デートは失敗しちゃったのか」

失望したように、見切りをつけるように、美羽《みう》は言った。

失敗？

なにが——失敗なのだろう？

私達《わたしたち》のデートは、これ以上ないぐらいの大成功だったはずなのに。

「あーあ。もういいや。やめやめ、もうやーめた」

混乱する私をよそに、美羽《みう》は一人投げやりな口調で呟《つぶや》いた。

そしてソファからすくりと立ち上がり、こちらに向かって歩いてきた。

静かな歩調で、ゆっくり近づいてくる。

「ママ。やっぱり私さ、二人のこと応援《おうえん》するの、やめるね」

美羽《みう》は言う。

透徹《とうてつ》した目で、まっすぐ私を見つめて。

「タク兄《にい》とは私が付き合う」

最初、なにを言われているのかわからなかった。

言葉を脳が受け付けなかった。

でも、段々と染《し》み込《こ》むように、頭が言葉を理解していく。

心の裏側まで見通すような眼差《まなざ》しが、私に現実逃避《とうひ》を許さない——

「いつまでもグダグダしちゃってさ。ママみたいなおばさんには、タク兄《にい》の純愛は荷が重かったってことでしょ？　じゃあ……もういいよ、無理しなくて。ママがいらないなら——私がもらう。私が、タク兄《にい》のことを幸せにする」

「……な、なにを、言ってるの……？」

言葉が上手《うま》く出てこなかった。

美羽《みう》は一歩ずつ距離《きょり》を詰《つ》めてくる。

強い意志を秘めた眼光と、挑発《ちょうはつ》的に歪《ゆが》んだ口元。

初めて、だった。

美羽《みう》のこんな顔を見るのは、この十年で初めて。

私の知らない娘《むすめ》が、ここにいる。

「ああ、そういえばママ、ずっと言ってたよね。私とタク兄《にい》が付き合えばいいって。私とタク兄《にい》が結婚《けっこん》するのが、ママの夢だって」

「…………」

「よかったね、夢が叶《かな》うよ」

美羽《みう》は笑う。

明るく、楽しげに笑っている。

「ねえ、ママ」

目の前まで近づいてくると、美羽《みう》は言う。

挑《いど》むように、試《ため》すように、値踏《ねぶ》みするように。

心の奥《おく》の奥《おく》まで、覗《のぞ》き込《こ》むように。

「私のこと、応援《おうえん》してくれるよね？」

娘《むすめ》からの申し出を——いや。

宣戦布告を受けた私は。

私は——

あとがき

自分が十代で学生だった頃、二十代の人間はとても大人に見えました。三十代なんて言えばもう大人の中の大人。世間や社会のことをなんでも知っていて、迷いも憂いもなく粛々と人生を歩んでいる。ゲームでたとえるなら「ラスボスも裏ボスも倒したから、あとやることと言えばベルのカンストぐらいだよね？」とか、そんなのが三十代のイメージでした。しかしいざ自分がアラサーになってみると……全っ然そんなことないよなと思います。迷いや失敗の連続で、思ったより上手に人生を生きてはいない。ラスボスも裏ボスも倒せないままレベリングだけを続けていて、むしろ逆に「あれ？　レベル下がった？」と思うようなこともある。人生は三十代になったぐらいじゃ全然クリアできない。でも逆に言えば――スーパーポジティブに言えば、いくつになってもやりがいたっぷりとも言えますね。「青春とは人生のある時期ではなく、心の持ち方を言う」。自分の気持ち一つで、人はいくつになっても青春できる。まあ……その自分の気持ちってのが世の中で一番コントロールが難しいものだったりもするので、人生はままならないのですが。

そんなこんなで望公太《のぞみこうた》です。

三十代ママとの純愛ラブコメ、第二弾。一巻では及び腰だったママが少しだけ前に進み、二人がただイチャイチャしてる二巻でした。エピローグで少し不穏《ふおん》な感じになってしまいましたが、一巻あとがきで書いた作品の方針については嘘ではないつもりです。ハーレムではない一対一ラブコメ。ここから歌枕母娘《かつらぎおやこ》がどう動いていくのか……どうか三巻もお付き合いいただければと思います。

唐突《とうとつ》な告知。なんとママ好き、早くもコミカライズが決定しました！　連載媒体《れんさいばいたい》はヤングアニマルなどで有名な白泉社《はくせんしゃ》が手がける漫画アプリ『マンガ Park』となります。驚くべきことに……一巻発売日に漫画のオファーをいただきました。ありがたやー。続報は電撃文庫《でんげきぶんこ》や僕のツイッターなどで随時報告させていただきます。

以下謝辞。担当の宮崎《みやざき》様。今回もお世話になりました。四月刊には絶対に間に合わんと思ったけど何度も催促《さいそく》……もとい、たくさん応援してもらえたのでなんとか間に合いました。ぎうにう様。今回も素晴らしいイラストをありがとうございます。全部最高ですが表紙が特にすごいです。言葉では表現できないエロ……もとい魅力に溢《あふ》れています。

そしてこの本を手に取ってくださった読者の方に最大級の感謝を。

それでは、縁《えん》があったら三巻で会いましょう。

望公太《のぞみこうた》

◉望 公太著作リスト

「娘じゃなくて私《ママ》が好きなの⁉」（電撃文庫）
「娘じゃなくて私《ママ》が好きなの⁉②」（同）

本書に対するご意見、ご感想をお寄せください。

ファンレターあて先
〒 102-8177　東京都千代田区富士見 2-13-3
電撃文庫編集部
「望　公太先生」係
「ぎうにう先生」係

本書は書き下ろしです。

電撃文庫

娘《むすめ》じゃなくて私《ママ》が好《す》きなの⁉ ②

望《のぞみ》 公太《こうた》

2020年4月10日　初版発行
2020年8月5日　再版発行

発行者　郡司 聡
発行　株式会社KADOKAWA
〒102-8177　東京都千代田区富士見2-13-3
0570-06-4008（ナビダイヤル）
装丁者　荻窪裕司（META＋MANIERA）
印刷　株式会社暁印刷
製本　株式会社ビルディング・ブックセンター

ISBN978-4-04-913154-3　C0193　Printed in Japan

電撃文庫　https://dengekibunko.jp/

電撃文庫創刊に際して

文庫は、我が国にとどまらず、世界の書籍の流れのなかで〝小さな巨人〟としての地位を築いてきた。古今東西の名著を、廉価で手に入りやすい形で提供してきたからこそ、人は文庫を自分の師として、また青春の想い出として、語りついできたのである。

その源を、文化的にはドイツのレクラム文庫に求めるにせよ、規模の上でイギリスのペンギンブックスに求めるにせよ、いま文庫は知識人の層の多様化に従って、ますますその意義を大きくしていると言ってよい。

文庫出版の意味するものは、激動の現代のみならず将来にわたって、大きくなることはあっても、小さくなることはないだろう。

「電撃文庫」は、そのように多様化した対象に応え、歴史に耐えうる作品を収録するのはもちろん、新しい世紀を迎えるにあたって、既成の枠をこえる新鮮で強烈なアイ・オープナーたりたい。

その特異さ故に、この存在は、かつて文庫がはじめて出版世界に登場したときと、同じ戸惑いを読書人に与えるかもしれない。

しかし、〈Changing Times,Changing Publishing〉時代は変わって、出版も変わる。時を重ねるなかで、精神の糧として、心の一隅を占めるものとして、次なる文化の担い手の若者たちに確かな評価を得られると信じて、ここに「電撃文庫」を出版する。

1993年6月10日
角川歴彦

第26回電撃小説大賞受賞作好評発売中!!

《大賞》

声優ラジオのウラオモテ
#01 夕陽とやすみは隠しきれない?

著／二月 公　イラスト／さばみぞれ

「夕陽と〜」「やすみの!」「「コーコーセーラジオ〜!」」

　偶然にも同じ高校に通う仲良し声優コンビがお届けする、ほんわかラジオ番組がスタート!　でもその素顔は、相性最悪なギャル×陰キャで!?

　前途多難な声優ラジオ、どこまで続く!?

《金賞》

豚のレバーは加熱しろ

著／逆井卓馬　イラスト／遠坂あさぎ

　異世界に転生したら、ただの豚だった!

　そんな俺をお世話するのは、人の心を読めるという心優しい少女ジェス。

　これは俺たちのブヒブヒな大冒険……のはずだったんだが、なあジェス、なんでお前、命を狙われているんだ?

《銀賞》

こわれたせかいの むこうがわ
〜少女たちのディストピア生存術〜

著／陸道烈夏　イラスト／カーミン@よどみない

　知ろう、この世界の真実を。行こう。この世界の"むこうがわ"へ――。

　天涯孤独の少女・フウと、彼女が出会った不思議な少女・カザクラ。独裁国家・チオウの裏側を知った二人は、国からの《脱出》を決意する。

《銀賞》

少女願うに、この世界は壊すべき　〜桃源郷崩落〜

著／小林湖底　イラスト／ろるあ

「世界の破壊」、それが人と妖魔に虐げられた少女かがりの願い。最強の聖仙の力を宿す彩紀は少女の願いに呼応して、千年の眠りから目を覚ます。世界にはびこる悪鬼を、悲劇を蹴散らす超痛快バトルファンタジー、ここに開幕!

《選考委員奨励賞》

オーバーライト
――ブリストルのゴースト

著／池田明季哉　イラスト／みれあ

　――グラフィティ、それは儚い絵の魔法。ブリストルに留学中のヨシはバイト先の店頭に落書きを発見する。普段は気怠げだけど絵には詳しい同僚のブーディシアと犯人を捜索していく中、グラフィティを巡る騒動に巻き込まれることに……

第26回電撃小説大賞受賞作特設サイト公開中　http://dengekitaisho.jp/special/26/

二月 公
イラスト／さばみぞれ
声優ラジオのウラオモテ
#01 夕陽とやすみは隠しきれない？
オモテは元気＆清楚なアイドル声優／
ウラはギャル＆根暗地味子な女子高生!?
プロ根性で世界をダマせ!
バレたらアウトの声優ラジオ
Now On Air!!
第26回
電撃小説大賞
大賞
受賞
電撃文庫